KB110606

파우스트

일러두기
- 이 책은 Johann Wolfgang Von Goethe, 『*Faust*』(Project Gutenberg, 2005)를 참고했습니다.

파우스트

요한 볼프강 폰 괴테 지음

살림

작센 공과 산책하는 괴테

작자 미상의 1780년경 판화. 『젊은 베르테르의 슬픔』으로 명성을 얻은 괴테는 1775년 작센 공 카를 아우구스트의 궁정에 초청받아 1786년까지 10년간 머문다. 이 시기에 괴테는 작센 공의 친구이자 고문으로 활동하며 재상직에까지 올라 나라의 운영에 적극 관여했다. 또한 유부녀였던 샤를로테 폰 슈타인 부인과 깊은 유대를 나누며, 삶과 문학에 깊이를 더해갔다. 독일 중부 지방에 있던 작센 공국은 정식 명칭이 작센 바이마르아이제나흐 대공국(Großherzogtum Sachsen-Weimar-Eisenach)으로 수도는 바이마르였다. 1815년부터 1918년까지 존재했으며, 1871년 독일제국의 일부가 되었고, 1918년 군주제 폐지 후 1920년 튀링겐 주에 합병되었다.

「로마 평원의 괴테 Goethe in the Roman Campagna」

독일 화가 요한 티슈바인의 1787년 작품. 1786~1788년 사이 괴테는 그의 미학과 철학 발전에 큰 영향을 미쳤던 이탈리아 여행을 떠났다. 요한 요아힘 빙켈만의 저술에 자극받아 떠난 여행이었다. 빙켈만은 18세기 전반기에 고대 서양미술사를 처음으로 연구하고 학문으로 발전시킨 인물이었다. 이탈리아 반도와 시칠리아 섬을 두루 순례하면서, 괴테는 생애 최초로 고대 그리스와 로마 예술을 직접 접하고 자신의 작품 세계에 깊이를 더했으며, 그 결과로 비극 『타우리스 섬의 이피게니』(1786), 『에그몬트』(1787), 『타소』(1790) 등의 작품을 출간했다. 또한 나중에 이 체험을 담은 여행기 『이탈리아 기행』(1816)을 펴냈다. 그러자 당시 수많은 독일 젊은이들 사이에서 그의 여행을 따라하는 것이 엄청난 유행이 되었다.

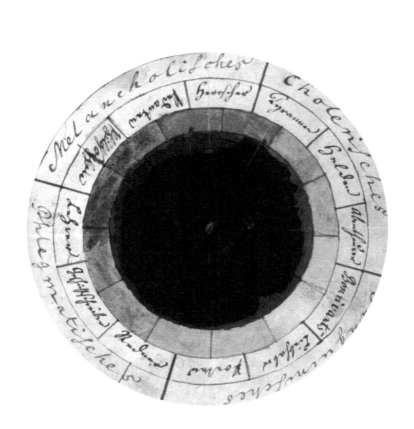

「기질(氣質)들의 장미 Temperamentenrose」

1798~1799년 괴테와 시인 실러가 공동으로 연구한 결과물. 12가지 색을 사람의 직업이나 성격과 일치시켜 설명했다. 독재자, 영웅, 모험가, 쾌락주의자, 애호가, 시인, 연설가, 역사가, 교사, 철학자, 현학자, 통치자를 각각의 색으로 구분하고, 다시 4가지 기질로 묶었다. 괴테와 실러는 1788년 처음 만났지만 그들의 우정은 1794년부터 본격 시작되었다. 이후 1805년 실러가 죽을 때까지 두 사람은 개인적으로나 학문적으로나 늘 함께하며 깊이 교류했다. 괴테는 인간과 자연을 이해하기 위해 과학에도 눈을 돌렸다. 식물학, 해부학, 광물학, 지질학, 색채론 등 거의 모든 분야를 연구했는데, 보색(補色)·굴절·색수차(色收差) 같은 현상을 다룬 『색채론』(1810)이 대표 저작이다.

연극 『파우스트』 공연 프로그램

1829년 1월 19일 처음 공연된 연극 「파우스트」 프로그램. 『파우스트』는 괴테가 60년에 걸쳐 쓴 필생의 역작이자 독일 문학 중 최고의 걸작으로 평가받는 희곡 작품이다. 1772~1775년 초고, 1790년 단편, 1808년 제1부, 사망한 해인 1832년 제2부 순으로 완성되었다. 제2부는 사망 후 출간된 유작이다. 지식과 능력의 한계에 끝없이 도전하는, 행동하는 인간과 그런 인간의 구원을 노래한 『파우스트』는, 오늘날까지 많은 이들의 상상력을 자극하며 문학, 음악, 미술 같은 여러 분야에 차용되어왔으며, 다양한 관점에서 작품을 해석하는 논문들이 쏟아지고 있다.

파우스트 **차례**

제2부

천상의 서곡
하느님, 악마와 내기하다

하느님이 세 명의 대천사인 라파엘, 가브리엘, 미카엘과 함께 계셨다. 세 대천사가 온 세상 만물의 운행에 끼치시는 헤아릴 수 없는 하느님의 뜻을 보고, 그 모든 것이 천지창조의 첫날처럼 장엄하다고 노래했다. 그들은 일제히 하느님을 찬미했다.

그 순간 사탄 메피스토펠레스가 나타나 하느님께 말했다.

"주님, 예전에도 저희를 늘 기꺼이 만나주셨기에 저도 오늘 하인배들 틈에 끼어 왔습니다. 용서해주십시오. 제가 원래 고상한 말은 할 줄 몰라서. 모두 저를 비웃겠지요. 하지만 점잖은 체해봤자 더 웃음거리가 될 겁니다. 하긴 주님께서는 웃음 따위는 잊으신 지가 오래되었겠지요.

저는 저 대천사들처럼 태양이니 천지니 하는 것에는 관심이 없습니다. 그저 인간들이 고생하는 꼴만 보일 뿐입니다. 인간을 작은 신이라고도 하긴 하는 모양인데, 언제나 그 모양, 그 타령입니다. 주님께서 혹 천상의 빛을 주지 않으셨으면 살기가 좀 나았을지도 모르지요. 그놈들은 그걸 이성인가 뭔가라고 부른다지요. 그걸 짐승들보다 더 짐승처럼 사는 데 이용하고 있지요. 그저 폴짝 날아올랐다가는 금방 풀밭에 내려앉아 케케묵은 노래나 불러대는 메뚜기 꼴이라니까요. 그냥 풀 속에 엎드려 있으면 좋을 텐데! 거름 더미만 보면 코를 쑤셔 박으니.”

듣고 있던 하느님이 말씀하셨다.

“내게 할 말이 그것밖에 없느냐? 너는 항상 불평만 늘어놓으러 오느냐? 저 땅 위엔 네 마음에 드는 게 하나도 없단 말이냐, 영원히?”

“그렇다니까요, 주님. 예나 지금이나 아주 형편없어요. 인간들이 얼마나 비참하게 지내는지 제 마음이 다 딱할 지경이랍니다. 저 같은 놈조차 아예 괴롭힐 생각이 나지 않는다니까요.”

“파우스트란 자를 아느냐?”

“그 박사 말씀이신가요?”

“나의 종이다.”

"알고말고요. 아주 특별하게 주님을 섬기는 자지요. 그 멍청이가 먹고 마시는 건 땅 위의 양식이 아니지요. 가슴에 뭔가 부글부글 끓어서 어쩔 줄 모르는 자지요. 자기도 자신이 미쳤다는 걸 반쯤은 알고 있고요. 하늘을 보면서는 제일 아름다운 별을 탐내고, 땅에서는 최고의 쾌락을 모조리 맛보겠다고 덤벼들고 있지요. 그 들끓는 마음을 달래줄 게 세상에 어디 있겠습니까?"

하느님이 대답하셨다.

"그가 지금은 좀 혼란스러운 상태에서 나를 섬기고 있는지 모르지만 머지않아 내가 그를 맑고 밝은 곳으로 인도할 것이다. 정원사도 어린 나무가 푸릇푸릇하면 머지않아 멋진 꽃이 피고 열매가 열리리라는 것을 아는 법이다."

그러자 메피스토펠레스가 말했다.

"주님, 우리 내기할까요? 제가 그자를 슬며시 제 길로 끌어들여도 될까요? 전 그놈을 주님에게서 빼앗아올 자신이 있습니다."

"그가 지상에서 사는 한, 네 마음대로 하는 걸 막지 않겠다. 노력하는 인간은 헤매기 마련이니까."

"그것참, 고마운 말씀이시군요. 저는 죽은 자는 딱 질색인데. 고양이도 죽은 쥐는 싫어하잖아요."

"좋다, 네 마음대로 해보아라. 그의 영혼을 본성에서 떼어내어 네가 붙잡을 수만 있다면 유혹해보아라. 네 길로 끌어내보아라. 넌 틀림없이 부끄러워하며 인정하게 될 것이다. 선량한 인간은 어두운 충동에 휩쓸릴지라도 결코 올바른 길을 잊지 않는다는 사실을."

"좋습니다. 길게 잡을 것도 없지요. 제가 금방 이길 겁니다. 이따위 내기쯤이야 하나도 겁나지 않습니다. 제가 목적을 달성하면 축하나 해주세요. 그 녀석에게 쓰레기를 처먹일 겁니다. 유명한 제 친척인 뱀, 이브가 홀랑 속아 넘어간 그 뱀이 했던 것처럼 말입니다. 제가 주는 걸 아주 신나게 받아먹을 겁니다."

"다음에도 언제든 오고 싶으면 오너라. 나는 한 번도 너희 무리를 미워한 적이 없다. 감히 만사를 부정하는 모든 정령 중에서 그래도 가장 탈을 덜 일으키는 게 짓궂은 장난꾸러기 정령들이지. 인간들은 너무 쉽게 해이해져서 틈만 나면 쉴 생각만 하는구나. 너희 악마들이 그들에게 자극을 주어 활동할 수 있게 하니, 내가 너희를 인간들과 함께 있도록 하는 것이야."

하느님은 메피스토펠레스로부터 등을 돌려 천사들을 향해 말씀하셨다.

"하지만 신의 진정한 아들들아, 너희는 이 생생하고 풍성한 아름다움을 즐겨라! 영원히 힘차게 작용하는 창조의 힘이 다정한 사랑의 울타리가 되어 너희를 에워쌀 것이다. 가물거리며 떠도는 것들을 변하지 않는 생각들로 단단히 붙잡아라."

하늘이 닫히고 대천사들이 흩어지자 홀로 남은 메피스토펠레스가 중얼거렸다.

"이따금 저 노인네 보는 것도 기분 좋은 일이야. 그래서 나도 사이가 틀어지지 않도록 조심하고 있지. 위대한 주님께서 사탄하고 이렇게 인간적으로 대화를 나누시다니, 친절하기도 하셔라."

제
1
부

파우스트의 고뇌

밤

어두운 밤, 파우스트 박사가 좁은 방 의자에 앉아 탄식하고 있었다.

"아, 철학과 법학과 의학, 게다가 신학까지 온갖 학문을 깊이 연구했건만 나는 여전히 이 꼴이구나. 아, 천하의 바보. 나는 조금도 지혜로워지지 않았구나. 석사니, 박사니 하면서 벌써 10년 이상 학생들을 이리저리 끌고 다녔지만 결국 우리가 아무것도 알 수 없다는 것만 깨달았을 뿐이구나.

물론 다른 자들보다 내가 똑똑한 건 사실이지. 의혹에 시달리지 않고 지옥이나 사탄도 두려워하지 않으니. 하지만 나는 즐거워할 줄을 몰라. 게다가 사람들을 선도하기 위해 무언가 가르칠 자신이 전혀 없어. 그렇다고 부귀영화를 누리는 것도 아니니 이런 꼴로 살아가는 건 개도 마다할 거야.

나는 한때 세상의 비밀을 알아내려고 마법에 몰두하기도 했지. 이 세상을 움직이는 근원적인 힘을 알 수 있기를 갈구했어. 하지만 그건 소용없는 짓이라는 걸 금방 알게 되었지.

오, 둥근 달빛아! 네가 나의 고뇌를 내려다보는 것이 오늘로 마지막이었으면! 깊은 밤 잠 못 이루고 얼마나 자주 너를 기다렸던가. 아, 너의 사랑스러운 빛에 실려 산봉우리를 거닐 수 있다면! 정령들과 어울려 산속을 떠돌고 초원을 떠돌 수 있다면! 온갖 학문이 피워내는 자욱한 안개를 걷어내고 네 이슬 속에서 건강하게 목욕할 수 있다면!

아, 하느님은 생동하는 자연 한가운데 인간을 창조하셨는데, 나는 왜 이런 답답한 곳에 갇혀 있단 말인가! 그래, 도망가자! 떠나자! 드넓은 바깥 세계로 나가자. 노스트라다무스의 예언서 하나면 충분하다."

그는 예언서를 펼치고 대우주의 부적들을 바라보며 희열에 사로잡혔다. 그에게는 신이 그 부적들을 기록한 것처럼 여겨졌다. 그 기호들에서 순수한 자연의 힘을 느꼈다.

"정령들의 세계는 열려 있다. 다만 내 감각이 닫혀 있고 내 마음이 죽은 것뿐. 분발해라. 이곳에 사로잡힌 채 저곳을 향해 열리지 않는 네 마음을 아침 이슬로 말끔하게 씻어내라."

그는 그 부적들을 유심히 바라보았다. 그 안에서 세상 만물들은 하나로 어우러져 서로 영향을 주고받으며 존재하고 있었다. 천상의 힘이 모든 것에 미치고 있었다. 은총의 향기가 삼라만상에 울려 퍼지고 있었다. 그의 눈앞에 그 장관이 펼쳐지는 것 같았다.

그러나 그것도 잠시, 그는 곧 탄식했다. 무한한 자연을 도대체 어디서 붙잡을 수 있단 말인가! 모든 생명의 근원을 어디서 붙잡을 수 있단 말인가! 이 갈증을 도대체 어찌하란 말인가!

그는 대지의 정령의 부적을 골똘히 바라보았다. 그러자 그것이 가깝게 느껴졌다. 새로운 힘이 솟아나는 것 같았고 온몸이 뜨겁게 달아올랐다. 그는 부적을 바라보며 외쳤다.

"어떤 것이든 마주할 용기가 생기는구나. 내 간절히 바라는 정령아! 네가 내 주변을 감도는 것이 느껴진다. 네 모습을 드러내라. 내 모든 감각이 새롭게 끓어오른다. 모습을 나타내라. 목숨을 잃는 한이 있더라도, 너를 간절히 원하니 모습을 드러내라!"

바로 그때였다. 불그스름한 불꽃이 번득이며 대지의 정령이 나타났다. 정령이 말했다.

"누가 나를 부르느냐?"

무시무시한 모습의 정령을 보자 파우스트는 고개를 돌려 외면했다. 그러자 정령이 다시 말했다.

"그렇게 온 힘을 다해 나를 끌어당기더니, 내 영역에 달라붙어 그렇게 오래 나를 빨아먹더니, 정작 인제 와서 나를 외면하는가? 네 영혼이 그토록 간절히 나를 원하는 것에 감동하여 이렇게 모습을 드러냈는데, 초인임을 자랑하던 네가 두려움에 떨고 있단 말인가? 네가 온 힘을 다해 내 가까이 왔던 파우스트 맞느냐? 우리 정령들과 감히 맞서려 했던 파우스트 맞느냐?"

그러자 파우스트가 힘을 내며 말했다.

"내가 불꽃 모양을 한 너 따위에 떨며 물러설 줄 알고? 그래, 내가 파우스트다. 너와 동등한 존재 파우스트, 그게 바로 나다."

"가소롭구나! 나는 생명의 물결을 타고 세상을 움직인다. 탄생과 무덤, 영원한 대양, 변화하는 자연, 불타오르는 생명, 이 모든 것들을 시간의 베틀 안에서 짠다. 나는 신의 옷을 짜고 있는데 어찌 네가 나와 닮을 수 있단 말이냐!"

말을 마친 후 정령이 사라졌다. 파우스트는 그 자리에 털썩 주저앉았다.

"내가 너와 닮지 않았다고? 그렇다면 도대체 누구와 닮았단 말인가? 나는 신을 빼닮지 않았는가? 그런데 하물며 너와도 닮지 않았다니!"

그때 문 두드리는 소리가 들렸다. 그가 마지못해 응답하자 문이 열리고 조교인 바그너가 잠옷 차림에 등불을 들고 나타났다. 파우스트는 못마땅한 표정으로 바그너를 바라보았다.

바그너가 파우스트에게 말했다.

"용서하십시오. 선생님께서 글 읽으시는 소리를 들었습니다. 분명 그리스 비극을 읽으셨겠지요? 제게도 그 기술을 좀 가르쳐주십시오. 남을 설득하고 가르치는 솜씨를 배우고 싶거든요."

"말솜씨로 세상을 설득할 수는 없어. 영혼에서 우러나오는 힘이 아니면 듣는 이의 마음을 휘어잡을 수 없어. 마음에서 우러나오는 말이라야 만인의 심금을 울릴 수 있는 법이야."

"하지만 중요한 건 강연 기술 아닐까요? 전 그게 아직 부족합니다."

"소리만 요란한 바보가 되려는가? 우선 무언가 진심으로 전하고자 하는 바가 있어야 해. 요리조리 비틀고 겉만 번지르르한 말들은 가을에 마른 낙엽을 스치는 축축한 바람 같은 거야."

바그너가 반박했다.

"선생님! 예술은 길고 인생은 짧습니다. 저는 옛 고전을 공부합니다. 하지만 머리와 가슴이 답답해질 때가 많습니다. 그 깊은 뜻을 헤아리기가 쉽지 않습니다."

"그런 낡은 책 따위가 무슨 영혼의 갈증을 달래줄 성스러운 샘물이라도 되는 줄 아는군. 자네의 영혼에서 우러나오지 않으면 아무 위안도 얻을 수 없어."

"죄송한 말씀이지만, 우리 선조들이 살았던 시대로 돌아가서 그분들이 어떻게 생각했는지, 그분들의 생각이 얼마나 찬란하게 발전을 거듭했는지 살펴보는 건 즐거운 일이 아니겠습니까?"

"아무렴, 저 하늘의 별에 닿을 정도로 생각이 발전했지. 하지만 이보게, 지나간 시대들은 우리에게 영원히 이해할 수 없는 비밀일 뿐이라네. 자네들이 시대정신이라고 착각하는 것도 실은 작가 자신의 보잘것없는 개인 정신일 뿐이야. 정말 형편없는 게 많아. 시끌벅적한 역사극, 정치극에 불과한 경우가 많아. 이보게, 밤이 깊었으니 제발 부탁이네. 오늘은 이 정도로 끝내세."

바그너는 밖으로 나가면서 말했다.

"선생님과 이런 학문적인 대화를 할 수 있다면 저는 언제까지라도 깨어 있고 싶습니다. 저는 모든 것을 알고 싶은 갈증을 느끼고 있습니다."

파우스트는 조교를 내보내고 혼자 중얼거렸다.

"저 친구 머리에서 온갖 희망이 사라지지 않고 있군! 언제까지나 헛것에 사로잡혀서 탐욕스러운 손으로 보물을 캐내려 하는군. 그러다 지렁이라도 발견하면 기뻐하는 꼴이라니! 하지만 저런 존재도 내게는 도움이 돼. 하마터면 절망에 빠질 뻔했는데 저 친구 때문에 빠져나올 수 있었으니. 나를 구해준 셈이야.

그래, 그 거대한 모습 앞에서, 나는 정말 난쟁이가 된 듯한 기분이었어. 나는 신을 닮았고 영원한 진실을 알 수 있다고 믿었는데…… 신의 삶을 즐기려 했는데…… 그런데 우레 같은 호령 한마디에 혼비백산하다니…… 감히 정령과 어깨를 겨누는 게 아니었어. 너를 끌어들일 힘은 있지만, 너를 붙잡아 둘 힘이 내게는 없어. 정령을 만나는 그 행복한 순간에 나는 왜소함과 위대함을 동시에 느꼈지! 그런데 나는 왜 이리 두려울까? 나도 어쩔 수 없이 인간이란 말인가? 영원을 갈망하고 느끼는 그 순간에도 덧없는 것들에 발목을 잡히는 보잘것없는 인간! 내가 신들과 대등하지 않다는 것을 이다지도 뼈저리게 느끼다니!

아, 정녕 나도 벌레 같은 존재인가? 쓰레기 더미나 뒤지다가 나그네의 발길에 짓밟혀버리는 벌레 같은 존재! 그래, 나는 온통 쓰레기에 둘러싸여 있어. 저 책들! 나처럼 그 무언가를 찾아 헤매다 결국 실패한 영혼들! 내겐 전혀 쓸모없는 도구뿐인 것들. 아, 이런 것들을 짊어지고 낑낑대느니 차라리 전부 없애버리는 게 나아."

파우스트는 절망에 빠졌다. 그때 그의 눈에 작은 병이 눈에 띄었다. 그리고 갑자기 앞이 훤히 밝아오는 것 같았다. 그는 그 병을 보며 중얼거렸다.

"오, 반갑구나, 작은 병아! 내 너를 경건한 마음으로 집어 든다. 네 안에 들어 있는 인간의 지혜와 기술을 숭상한다. 나를 조용히 잠들게 하는 신령스러운 액체! 모든 살아 있는 것을 죽음으로 인도하는 섬세한 힘의 정수! 네 주인에게 은혜를 베풀어 다오. 너를 바라보니 고통이 가벼워지고, 너를 손으로 잡으니 열정이 수그러지고 정신의 물살이 빠져나가는구나. 그래, 나는 한낱 벌레에 지나지 않아. 나는 삶과 천상의 환희를 누릴 자격이 없어. 모두 피해 가는 죽음의 문을 과감히 열어젖혀야 돼."

그는 크리스털 잔을 꺼내 병에서 독약을 따르더니 잔을 입으로 가져다 댔다.

종소리와 합창 소리

바로 그 순간 천사들의 합창 소리가 들려왔다.

그리스도께서 부활하셨다.

죽어갈 자들은 기뻐하라!

몰래 숨어서

자신을 파멸로 이끄는

타고난 죄에 얽매인 자들아,

인간들아,

기뻐하라!

그 소리를 듣고 파우스트는 잔에서 입술을 떼었다. 그에게는 그것이 마치 부활의 노래로 여겨졌다. 다시 천사들의 노래가 이어졌다.

그리스도께서 부활하셨다!

슬픔 속에서

고난과 시련 이겨내시고

구원받으신

사랑의 그리스도여, 복되시다.

그 노래들이 죽으려던 파우스트를 다시 삶으로 불러냈다. 그는 기도가 열렬한 기쁨이었던 젊은 날을 떠올렸고 젊음의 활기와 즐거움을 다시 느꼈다. 그는 눈물을 흘리며 외쳤다.

"아, 천진하던 시절의 추억이 내 최후의 엄숙한 발걸음을 만류하는구나. 오, 감미로운 천상의 노래여, 널리 울려 퍼져라! 눈물이 솟는구나. 이 세상이 나를 다시 품에 받아들였어!"

그러자 그리스도의 부활을 찬양하는 사도들과 천사들의 노래가 계속 들려왔다. 파우스트는 그 자리에 그대로 쓰러졌다.

성문 앞

다음 날 파우스트는 조교 바그너와 함께 성 밖으로 나갔다. 날씨가 좋아 각양각색의 사람들이 성문 밖으로 몰려 나가고 있었다. 직공들과 하녀 복장의 처녀들, 그리고 학생 차림의 젊은 이들은 멋진 상대를 만나 하루를 즐길 수 있기를 바라며 들떠 있었다. 시민들은 신임 시장을 비난하는 데 열을 올리며 전쟁 이야기를 하고 있었고, 거지는 열심히 구걸하고 있었다.

파우스트도 생동하는 봄의 기운을 만끽했다. 그리고 햇살을 즐기며 주님의 부활을 축하하는 사람들을 즐거운 기분으로 바라보았다. 모두 숨 막히는 생업의 굴레에서 잠시 벗어나 자연의 빛을 즐기러 나온 것 같았다.

그가 바그너에게 말했다.

"자, 보게. 사람들이 얼마나 발걸음 가볍게 공원과 들판으로 흩어지는가. 흥겨운 나룻배들이 사람들을 가득 싣고 있고, 저기 저 산속 오솔길에도 알록달록한 옷들이 아른거리고 있어. 이 왁자지껄한 소리! 여기가 바로 참된 천국이 아니겠나? 아이 어른 할 것 없이 즐거운 환호성을 터뜨리고 있어. 여기서는 나도 인간이야. 한몫을 하는 인간임을 느낄 수 있어."

그러자 바그너가 대답했다.

"박사님, 이렇게 박사님을 모시고 산책을 하다니 정말 영광입니다. 얻는 것도 정말 많습니다. 하지만 저 혼자라면 이런 곳에서 시간을 낭비하고 싶지는 않습니다. 저 시끄러운 악기 소리, 고함 소리, 전부 제게는 참기 어려운 것들입니다. 마귀에 씐 듯 미쳐 날뛰면서 그게 즐거움이고 노래라니요!"

조금 더 걸어가니 농부들이 흥겹게 노래하며 춤을 추고 있었다. 그들 중 파우스트의 모습을 알아본 늙은 농부 한 명이 파우스트에게 말했다.

"고명하신 박사님께서 비천한 저희를 이렇게 찾아주시니 정말 영광입니다. 자, 제일 좋은 잔에 갓 담근 술을 가득 따랐으니 어서 드십시오. 박사님께 바치는 이 술 한 방울 한 방울만큼 오래오래 사시길 기원합니다."

파우스트는 고맙다며 술잔을 들어 마셨다. 사람들이 파우스트 주변에 모여들자 다시 늙은 농부가 말했다.

"정말이지 오늘같이 즐거운 날 이곳을 찾아주시니 얼마나 행복한지 모르겠습니다. 지난번에 저희가 곤경에 처했을 때 박사님께서 얼마나 큰 도움을 주셨는지! 박사님 아버님께서는 무서운 열병을 막아주셨지요. 박사님도 젊은 몸으로 환자들 집을 일일이 찾아다니셨습니다. 박사님은 스스로 위험을 무릅쓰셨어요. 하지만 하느님의 도움으로 박사님은 무사하셨지요."

모두 한목소리로 축원했다.

"하늘이시여, 이 훌륭하신 분의 건강을 지켜주십시오!"

파우스트는 그들에게 치하한 후 그곳을 떠나 계속 걸어갔다. 걸어가는 도중 바그너가 그에게 말했다.

"위대하신 선생님, 저렇게 많은 사람들이 선생님을 칭송하니 얼마나 좋으십니까? 타고난 재능으로 이런 기쁨을 누릴 수 있으니 얼마나 행복하시겠습니까?"

파우스트는 몇 걸음 더 걸어가 자주 홀로 찾아 명상에 잠기던 바위 위에 앉더니 바그너에게 말했다.

"그래, 나는 이 바위 위에 앉아, 단식하고 고행하며 기도했었지. 두 손을 맞잡고 눈물 흘리며 '제발 저 흑사병을 끝내주십시오'라고 하늘에 계신 분께 간청했었지. 하지만 저 사람들의 찬사가 내게는 조롱처럼 들린다네. 오, 자네가 내 속마음을 읽을 수 있다면! 우리 아버님이나 나나 그런 칭송을 들을 자격이 없어!

우리 아버님은 연금술을 열심히 하셨지. 컴컴한 실험실에 연금술사 무리와 어울려 상반되는 물질들을 끝도 없이 배합하셨지. 그리고 드디어 약을 만드셨어. 우리는 그 끔찍한 약을 가지고 흑사병보다 더 악랄하게 날뛰었다네. 나도 수많은 사람들에게 그 약을 주었지. 그들은 죽고 나는 살아남아서 이런 칭송의 소리를 들어야 한다니."

"선생님, 왜 그런 일로 상심하십니까? 선인들로부터 물려받은 기술을 양심적으로 정확하게 시행하신 것 아닌가요? 선생님께서 아버님을 존경하셨으니 그분이 전수하신 것을 받아들여 더 발전시키면 되는 것 아닌가요?"

"자네는 행복한 사람이야. 그렇게 쉽게 이 미혹의 바다에서 벗어날 수 있다니! 인간은 막상 필요한 것은 알지 못하고 필요 없는 것만 잔뜩 알고 있지. 이 보배로운 시간을 그런 쓸데없는 생각으로 망치지 말게.

저기 신록에 둘러싸인 오두막들이 붉은 저녁 햇살을 받아 반짝이는 걸 봐. 태양이 새로운 생명을 재촉하러 저쪽으로 넘어가고 있어. 오, 내게 날개가 있다면 대지를 박차고 올라 저 태양을 뒤쫓을 텐데! 영원한 저녁 햇살 속에서 이 고요한 세계를 내려다볼 수 있을 텐데! 아! 내 정신은 날개를 펼치건만 어째서 내 육신은 뒤따르지 못하는지. 저 머리 위 푸른 하늘, 종달새가 힘차게 노래하고 날개를 활짝 편 독수리가 맴도는 저 높은 창공을 향해 날고 싶은 것이 인간의 천성 아니겠나?"

그러자 바그너가 대답했다.

"저도 가끔 변덕스러운 생각이 들 때가 있긴 합니다만 그런 충동은 아직 한 번도 느껴보지 못했습니다. 숲과 들판을 바라보면 싫증이 납니다. 새들의 날개가 부럽다니요? 이 책 저 책, 이 글 저 글 뒤를 쫓는 게 얼마나 즐거운데요? 그게 바로 정신의 기쁨 아닌가요? 겨울밤, 귀한 양피지 책을 펼치면 천상이 온통 제게 내려온 것 같지요."

"자네는 오로지 한 가지 충동만을 알고 있을 뿐이야. 그래, 그게 행복한 거야. 다른 충동은 알려고도 하지 말게. 내 가슴속에는, 아, 두 개의 영혼이 살면서 서로 멀어지고 싶어 한다네. 하나는 감각적 충동이지. 현세에 매달려 방탕한 사랑의 기쁨에 취해 있으려 하지. 다른 하나는 이 티끌 같은 세상에서 벗어나 숭고한 선인들의 세계로 나아가려는 영혼.

오, 대기를 떠돌며 하늘과 땅 사이를 지배하는 정령들아! 그대들이 진정 존재한다면 황금빛 안개를 뚫고 내려와 나를 새롭고 찬란한 삶으로 이끌어다오! 아, 내게 마법의 외투가 있다면 미지의 나라로 날아갈 텐데!"

저녁이 되었다. 바그너는 이만 돌아가자고 파우스트에게 말했다. 그때 파우스트가 무언가를 본 듯 놀란 표정을 지었다. 바그너가 물었다.

"선생님, 뭘 보고 그리 놀라시지요? 이 어둠 속에서 선생님의 마음을 사로잡을 게 있나요?"

"자네, 저기 저 새싹들과 그루터기 사이에서 검은 개가 어슬렁거리는 게 보이지 않나?"

"저도 보았지요. 하지만 별로 대수롭지 않게 생각했는데요."

"잘 보게나. 자네 저 짐승을 어떻게 생각하나?"

"그냥 푸들 아닌가요? 주인을 찾는 모양이네요."

"모르겠나? 우리 주변을 크게 맴돌면서 점점 가까이 오고 있잖아. 내가 잘못 본 게 아니라면 저놈이 지나간 뒷자리에 불꽃 소용돌이가 생기고 있어."

"전 아무리 봐도 그냥 검은 푸들로 보이는데요. 선생님께서 아마 잘못 보신 모양입니다."

"내가 보기에는 우리와 인연을 맺으려고 마법의 올가미를 치는 것 같아."

파우스트가 개를 향해 말했다.

"함께 가자꾸나."

그러자 개는 신기하게도 파우스트를 졸졸 따라왔다. 파우스트는 개를 데리고 집으로 돌아온 후 서재로 같이 들어갔다.

파우스트, 악마와 계약하다

서재

서재로 들어오자 개는 이리저리 뛰어다니며 으르렁거렸다. 파우스트는 개를 다독였다. 그는 여전히 영혼의 갈증에 시달리고 있었다. 그는 『신약성경』에서 하늘의 계시를 얻고 싶어 히브리어 원전을 펼쳐 들었다. 그는 『성경』을 독일어로 번역하기 시작했다. 그러나 처음부터 막혀버렸다.

"음. '태초에 말씀이 있었다!' 아니, 말씀이라는 낱말을 이렇게 높이 평가할 수 있는 것인가? 성령의 깨우침을 받았다면 이 낱말은 달리 옮겨야 해. '태초에 뜻이 있었다!' 이렇게 써야 되지 않을까? 아냐, 좀 더 신중해야 해. 과연 만물을 창조하고 다스리는 것이 뜻일까? '태초에 힘이 있었다!' 이렇게 옮겨야 해. 아냐,

이것도 미진해. '태초에 행위가 있었다!' 이렇게 옮겨야 해."

그가 번역에 골머리를 앓고 있는 사이 푸들이 계속 낑낑거리고 짖어댔다. 그가 푸들에게 말했다.

"너 방해가 돼서 도저히 이 방 안에 둘 수가 없구나. 문이 열려 있으니 너 가고 싶은 데로 가라."

순간 그는 깜짝 놀라고 말았다. 푸들의 몸이 길게 늘어나더니 기를 쓰고 일어나는 것이 아닌가? 푸들은 이미 개의 모습이 아니었다. 금방 하마처럼 변하더니 무시무시한 이빨을 가진 모습이 되었다. 눈에서는 불꽃이 일었다.

괴물을 보자 파우스트는 악마를 물리치는 주문을 외우기 시작했다. 그러나 소용이 없었다. 괴물은 태연자약하게 드러누워 파우스트를 한가롭게 바라볼 뿐이었다. 파우스트는 부적을 들이대고 『성경』을 그에게 내밀었다. 그러자 괴물의 모습이 부풀어 오르더니 안개에 휩싸여 보이지 않았다.

안개가 걷히자 떠돌이 학생 모습이 나타났다. 그가 파우스트에게 말했다.

"왜 이리 시끄럽게 굴지요? 무슨 일이신가요?"

"네가 바로 푸들의 정체였군. 떠돌이 대학생이라. 정말 웃기는 노릇이로군! 그래, 너는 도대체 누구냐?"

"항상 악을 원하면서도 늘 선을 이루는 그런 힘의 일부지요."

"무슨 수수께끼 같은 소리냐? 똑바로 말해라."

"나는 항상 부정만 하는 정령이지요. 생겨나는 것은 언제든 죽어 없어지기 마련이니, 부정하는 게 당연한 것 아니겠습니까? 간단히 말하지요. 죄라든지 파괴라든지, 당신들이 악이라 부르는 모든 것이 내 활동 영역이지요. 나는 메피스토펠레스입니다."

"그렇다면 도대체 왜 내게 나타난 것이냐? 큰 것을 파괴할 수 없으니 작은 것부터 시작하려는 거냐?"

"말씀 잘하셨습니다. 사실 아직 큰 업적을 이루지는 못했지요. 아무리 풍랑과 폭풍우를 일으키고, 지진과 화재를 불러와도 결국 바다와 육지는 끄떡없더라고요. 게다가 짐승이고 사람이고 마구 새끼를 낳아 대는 데는 도저히 손을 쓸 수가 없더군요. 계속 이런 식이니 정말 미칠 지경이지요! 공중에서, 물속에서, 땅에서, 메마른 곳이건 물이 넘치는 곳이건, 따뜻하건 춥건, 수없이 많은 생명이 싹을 틔우고 있으니……."

말을 마친 메피스토펠레스는 정령들을 불렀다. 정령들은 파우스트 주위를 돌며 노래하고 춤을 추었다. 그사이에 파우스트는 잠에 빠져들었다. 정령들이 노래와 춤으로 그를 재운 것이었다. 그가 잠든 사이 메피스토펠레스와 정령들은 물러갔다. 잠에서 깬 파우스트가 중얼거렸다.

"내가 또 속았단 말인가? 바글대던 정령들도 사라지고, 사탄도 없어졌네. 내가 정말 꿈을 꾸었단 말인가? 푸들은 도망친 건가?"

다시 서재에서

순간 문 두드리는 소리가 들렸다. 파우스트가 누구냐고 묻자 메피스토펠레스가 "나요"라고 대답했다. 파우스트가 들어오라고 말하자 메피스토펠레스가 말했다.

"세 번 들어오라고 말해야 하오."

파우스트가 두 번 더 들어오라고 말하자 메피스토펠레스가 들어섰다. 멋지게 차려입은 귀공자 모습이었다. 그가 말했다.

"어때, 멋지지 않소? 선생도 이런 멋진 옷으로 차려입고 우울한 기분일랑 몰아내시오."

"내가 어떤 옷을 입더라도 이 답답한 삶의 고통에서 벗어날 수는 없을걸세. 나는 그저 놀고 먹기에는 너무 늙었고 희망 없이 살기에는 너무 젊다네. 그저 참아라, 참아라, 이렇게 외치며 살 뿐이지. 밤이건 낮이건 소망하는 건 하나도 이루어지지 못하리라는 걸 알면서 살아갈 뿐이지. 사는 것이 짐스럽고 오로지 죽고 싶은 마음뿐인 인생이 어찌 즐거울 수 있겠는가?

나는 내 정신을 사로잡고 있는 저 드높은 곳을 향한 열망도 저주하고, 우리의 감각을 마비시키는 허황된 현실도 저주한다. 불멸의 이름을 내세우며 우리를 유혹하는 것을 저주한다. 아내와 자식, 재산을 소유하라며 우리의 허영심을 자극하는 것도 저주한다. 희망이여, 저주받아라! 믿음이여, 저주받아라! 무엇보다 인내심이여, 저주받아라!"

그러자 메피스토펠레스가 말했다.

"독수리처럼 선생의 생명을 쪼아 먹는 원망일랑 그만두시오. 별 볼 일 없는 자들과 어울리다 보면 자신이 그들처럼 한낱 천한 인간에 불과하다는 것을 느끼기 마련이오. 하지만 나는 선생을 그 천한 무리들 속으로 몰아넣을 생각이 없소. 어떻소, 나와 함께 삶을 두루 섭렵하지 않겠소? 그럴 의향만 있다면 내가 기꺼이 선생을 받들어 모시겠소. 선생만 좋다면 내 기꺼이 하인이 되겠소."

"그 대가로 내게서 뭘 바라는가?"

"그건 나중에 이야기합시다. 아직 시간이 많으니……."

"아냐, 사탄은 이기적이라서 절대로 이유 없이 남을 이롭게 할 리가 없어. 조건을 분명히 말하게."

"그렇다면 말하리다. '이 세상'에서는 내가 선생을 섬기겠소. 선생이 손짓만 하면 어디든 냉큼 달려가리다. 하지만 '저세상'에서는 선생이 날 섬겨야 하오."

"나는 저세상 따위는 관심이 없어. 이 지상에서만 내 기쁨이 용솟음치고 이곳의 태양이 내 고뇌를 비추지. 내가 이것들과 작별한 후에 무슨 일이 일어나든 대수겠는가? 내세에도 사랑이 있고 증오가 있는지, 저세상에도 위가 있고 아래가 있는지 내 알 바 아니네."

"그렇다면 좋소. 나와 계약을 맺읍시다. 그 누구도 누려보지 못한 것을 누리게 해주겠소."

그러자 파우스트가 말했다.

"가련한 사탄 주제에 뭘 누리게 해주겠다는 건가? 드높은 것을 지향하는 인간의 정신을 자네 따위가 어떻게 채워주겠다는 건가? 음식, 돈, 여자, 근사한 명성, 이런 것들을 누리게 해주겠지. 따기도 전에 썩어버리는 과일이나 날마다 새롭게 푸르러지는 나무를 자네가 보여줄 수 있겠나?"

"그런 것쯤이야 주문 하나로 간단하게 해치울 수 있고, 그런 보물들은 얼마든지 대령할 수 있소. 하지만 선생, 편안히 앉아서 맛있는 음식이라도 먹었으면 좋겠다고 생각할 때가 닥쳐올 것이오."

"내게 그런 날은 절대로 오지 않아. 내가 속 편하게 누워서 빈둥거린다면 그걸로 내 인생은 끝장이야. 자네의 알랑거리는 거짓말에 넘어가고 쾌락에 농락당한다면 그게 바로 내 마지막 날일세. 어디 내기해볼까?"

메피스토펠레스가 좋다고 하자 파우스트가 말했다.

"좋아, 당장 계약을 맺도록 하세! '순간이여, 멈추어라! 정말 아름답구나!'라고 내가 말하면 자네는 나를 마음대로 할 수 있네. 그러면 나는 기꺼이 파멸의 길을 걷겠네. 그때 죽음의 종이 울려 퍼지면 자네는 의무를 다한 걸세. 내가 순간에 만족하여 머문다면 그날로 자네의 종이 되는 걸세."

파우스트의 말이 끝나자 메피스토펠레스가 말했다.

"좋습니다. 우리 계약을 맺었습니다. 이제부터 나는 당신의 하인이 되어 성심껏 봉사하겠소. 대신 이 계약을 글로 써주시오."

"까다롭게 굴기는! 남자의 말은 황금과 같다고 했는데! 그래, 이 악령아, 어떻게 해줄까? 청동에 새겨주랴? 대리석에 박아주랴? 아니면 양피지, 종이 어디다 써주랴? 철필로 해줄까, 끌로 해줄까?"

"뭐 그리 열을 내며 야단법석이시오? 작은 종이 한 장에 피한 방울이면 될 것을."

"좋아, 나는 이제 시간의 회오리 속으로, 사건의 소용돌이 속으로 돌진한다! 고통과 쾌감, 성공과 불만이 어지러이 교차하는 곳으로! 나는 기쁨을 찾는 것이 아니다. 나는 도취경에 빠져 보고 싶다. 지극히 고통스러운 쾌락을 맛보고 싶다. 사랑에 눈먼 증오, 통쾌한 분노에 빠져 보고 싶다. 하찮은 지식을 향한 열망에서 벗어나 온 인류에게 주어진 모든 것들을 다 맛보련다. 지극히 높은 것과 지극히 깊은 것을 내 정신으로 붙잡고, 인류의 행복과 불행을 내 가슴에 쌓으련다. 내 자아가 인류의 자아가 되어 인류와 함께 몰락하련다."

그러자 메피스토펠레스가 말했다.

"원, 신에게만 허락된 것을 꿈꾸다니! 암튼 기운을 내시오. 생각 같은 건 다 집어치우고 곧장 세상 속으로 뛰어듭시다."

"자, 그럼 어디서부터 시작할까?"

"당장 이곳을 떠납시다. 세상에 이런 고문실이 또 어디 있소? 자기는 물론 젊은이들까지 지루하게 만드는 이런 곳에서 어찌 인생을 산다고 할 수 있겠소? 그런 일일랑 아무 고민 없이 책에만 빠져 있느라 배불뚝이가 된 옆방 선생에게나 맡겨

놓으시오. 자신이 느낀 것을 제대로 학생에게 전하지도 못하면서…. 어, 그런데 학생 한 명이 찾아온 것 같은데?"

"난 지금 그런 애들 만날 기분이 아니네."

"딱하게도 오래 기다린 것 같으니 이대로 쫓아 보낼 수는 없지요. 내가 상대하리다. 선생은 여행 떠날 준비나 하시오. 자, 당신 옷을 벗어 내게 주시오."

파우스트가 옷을 벗어주자 메피스토펠레스가 그의 옷을 입었다. 파우스트는 길을 떠날 준비를 하기 위해 밖으로 나갔다. 그가 나가자 메피스토펠레스가 파우스트의 치렁치렁한 옷차림을 한 채 비아냥거렸다.

"이성과 학문을 경멸하라. 거짓에 능란한 사탄의 힘을 빌려 눈속임과 마법으로 네 힘을 북돋워라. 그러면 너는 무조건 내 손아귀에 떨어지리라. 운명이 네게 억제할 길 없이 앞으로 치닫는 정신을 주었구나. 그렇게 조급하게 굴다 보면 이 지상의 즐거움을 지나쳐버리기 마련인 것을…. 내가 이제 네놈을 방탕한 삶 속으로, 천박하고 무의미한 일들 속으로 끌고 다니리라. 너는 오금을 못 펴고 내게 달라붙겠지. 그 탐욕스러운 입술에 진수성찬과 술이 어른거리게 하리라. 설사 사탄에게 몸을 맡기지는 않더라도 네놈은 기필코 파멸에 이를 거야!"

그때 한 학생이 방으로 들어와 말했다.

"저는 이곳에 온 지 얼마 안 됩니다만 고명하신 선생님의 명성을 들었습니다. 선생님 말씀을 듣고 싶어 이렇게 찾아왔습니다."

파우스트의 옷을 입은 메피스토펠레스가 말했다.

"아주 예의 바른 청년이로군. 보다시피 나도 다른 이들과 조금도 다를 것 없는 사람일세."

학생이 지혜에 목말라 있다며 가르침을 달라고 하자 메피스토펠레스는 점잖은 학자 행세를 하며 충고를 해주었다. 하지만 하도 열심히 묻는 통에 그만 짜증이 나버렸다. 학생이 마지막으로 의학에 대한 조언을 요청하자 그는 '이런 멋대가리 없는 말들을 하고 있다니 짜증이 나는군. 사탄 노릇 제대로 해보아야겠어'라고 혼잣말을 한 다음 학생에게 큰 소리로 말했다.

"의학 정신은 아주 쉽게 파악할 수 있어. 대우주와 소우주를 두루두루 연구한 다음 결국 모든 걸 신의 뜻으로 돌려버리면 되는 거야. 학문입네 어쩌고저쩌고하면서 이리저리 기웃거려도 아무 소용없어. 누구나 자기가 배울 수 있는 것만 배우는 법이야.

자네는 몸집도 건장하고 뱃심도 두둑해 보이니 자신감만 가지면 돼. 그러면 사람들이 자네를 따를 거야. 특히 여자들 다루는 법을 터득하게. 여자들이란 늘 여기저기 아프다고 아우성이지. 하지만 한 군데만 제대로 찔러주면 금방 멀쩡해지지. 적당히 점잖게 굴기만 하면 여자들을 모조리 손아귀에 틀어쥘 수 있을 거야. 먼저 학위를 하나 따는 거야. 자네 의술이 누구보다 뛰어나다고 믿게 만드는 거야. 그리고 구석구석을 마구 주무르고 맥을 짚으며 뜨거운 눈길을 보내는 거야. 날씬한 허리도 마음껏 붙잡고……."

학생이 눈을 빛내자 메피스토펠레스가 신이 나서 더 떠들었다.

"이보게, 이론은 모조리 회색이고 인생의 황금빛 나무만 푸르른 법이라네."

그러자 학생이 노트를 내밀며 기념이 되는 말을 하나 적어달라고 했다.

메피스토펠레스는 노트를 받아 무언가 적었다. 『구약성경』「창세기」에서 뱀이 이브를 유혹할 때 한 말이었다.

너희가 신과 같이 되어서 선과 악이 무엇인지 알게 되리라.

학생이 공손하게 노트를 받고 방에서 나가자 메피스토펠레스가 등에 대고 말했다.

"옛 말씀을 따라라. 그리고 우리 뱀 친척이 시키는 대로 해. 언젠가는 네가 신과 닮은 것이 두려워질 거야!"

얼마 후 파우스트가 방으로 들어섰다. 그가 메피스토펠레스에게 말했다.

"자, 어디로 갈 셈인가?"

"선생이 원하는 곳으로 가지요. 먼저 작은 세상을 본 다음 큰 세상을 봅시다. 다른 사람들에게 빌붙어 공짜로 배우게 될 테니 얼마나 즐겁고 유익한 일이겠소?"

"하지만 이렇게 수염을 길게 기른 처지에 어찌 가볍게 살 수 있겠는가? 나는 지금까지 세상과 가볍게 어울리지 못했어. 다른 사람 앞에 나서면 자신이 옹졸하게 여겨졌어. 이런 모습으로 세상에 나가면 분명 당황하게 될 거야."

"이보시오, 친구, 다 잘될 테니 그런 걱정일랑 마시오. 자신감만 있으면 잘 살아갈 수 있소."

"그런데 어떻게 밖으로 나가지? 말과 마차, 하인은 어디 있지?"

"원, 별걱정을! 이 외투를 펼치기만 하면 되오. 우리를 신고 하늘을 날아갈 것이오. 이렇게 대담한 여정을 나서는 마당에 큰 짐은 필요 없소. 내가 불 바람을 일으키면 우리를 공중으로 띄워줄 거요. 자, 선생, 인생의 새 출발을 축하하오!"

라이프치히의 아우어바흐 지하 주점

메피스토펠레스는 파우스트를 떠들썩한 아우어바흐 지하 주점으로 데리고 갔다. 젊은이 네 명이 앉아 왁자지껄 떠들며 술을 마시고 있었다. 그들은 노래를 불러대기도 했다.

그 앞에 파우스트와 메피스토펠레스가 나타났다. 그들의 이상한 옷차림에 젊은이들의 호기심이 동했다. 그들이 다가와서 인사하자 싱거운 말 몇 마디가 오갔다.

메피스토펠레스가 그들에게 말했다.

"제가 잘못 듣지 않았다면 좀 전에 근사한 합창 소리를 들은 것 같은데요. 아주 멋진 노래였습니다."

그러자 젊은이들 중 한 명이 말했다.

"선생께서도 노래 솜씨가 아주 뛰어나신 모양이군요."

"아, 아닙니다. 솜씨는 없고 열정만 넘치지요."

그러자 그들이 일제히 노래를 청했다.

"우리는 노래와 포도주의 나라, 아름다운 스페인에서 방금 돌아왔지요."

메피스토펠레스는 이렇게 말한 다음 노래를 시작했다.

옛날 옛적 어느 임금님,
커다란 벼룩 한 마리 길렀네.
벼룩을 친자식처럼 사랑하더니
재단사 가까이 불러
일렀다네.
자, 도련님의 옷을 지어라,
바지 치수도 재라!

우단, 비단으로
곱게 차려입은 벼룩,
여기저기 리본으로 동여매고
십자가까지 달았네.
벼락처럼 재상이 되어
커다란 훈장까지 받았다네.
형제자매까지
궁중에서 벼락감투 썼다네.

궁중의 귀족과 숙녀들

에구머니, 난리 났네.

왕비와 시녀들

이리 물리고 저리 뜯기는데도

눌러 죽일 수도 없고

가려워도 긁을 수 없었네.

우리는 한 군데만 물려도

그대로 으깨서 죽여버릴 텐데.

그가 노래를 마치자 젊은이들이 "우리는 한 군데만 물려도 그대로 으깨서 죽여버릴 텐데!"라고 마지막 부분을 따라 하며 환호성을 질렀다.

그러자 메피스토펠레스가 그들에게 제안을 했다.

"이런 귀하신 손님들에게 우리 지하실에 있는 술을 대접하면 좋을 텐데. 하지만 술집 주인이 투덜댈까 봐 걱정이오. 자기네 술을 팔아야 하니."

청년들이 아무 걱정 말고 가져오라고 말했다. 그러자 메피스토펠레스가 송곳 하나를 꺼내 들더니 그들 각자 원하는 술을 말하라고 했다. 그들은 무슨 마법을 부릴 참이냐며 각자 좋아하는 술 이름을 댔다. 누구는 라인 포도주를 마시고 싶다고 했고, 또 다른 이는 샴페인을 원했다. 프랑스 포도주를 원하는 친구도 있었고 헝가리산 달콤한 포도주를 원하는 친구도 있었다.

메피스토펠레스는 그들이 원하는 술을 말할 때마다 그들이 앉은 탁자 가장자리에 송곳으로 구멍을 뚫고는 마개로 막았다. 그런 후 야릇한 몸짓을 하며 노래를 했다.

포도나무에 포도송이!
숫염소에 뿔 달렸지.
포도주는 액체, 포도덩굴은 나무,
나무 탁자에서도 술이 샘솟는구나!
자연을 꿰뚫고 바라보아라,
여기 기적이 일어나니 의심하지 마라!

노래를 마친 후 메피스토펠레스는 외쳤다.
"자, 모두 마개를 뽑고 술을 맛보시오."

그들이 각자 마개를 뽑자 술이 술잔으로 넘쳐흘렀다. 그들은 연거푸 술잔을 들이키며 신이 나서 노래하고 춤을 추었다.

그때 파우스트가 메피스토펠레스에게 말했다.

"난 이제 그만 나가고 싶은데. 여긴 별로 마음에 안 들어."

"잘 보시오, 이제 야수 같은 성격들이 멋지게 터져 나올 테니까."

그때 한 친구가 조심성 없이 술잔을 들이키다가 포도주가 바닥에 떨어졌다. 그러자 포도주가 불꽃을 내며 타올랐다. 모두 소리치며 난리가 났다.

"사람 살려! 불이야!"

그러자 메피스토펠레스가 불꽃을 향해 주문을 외웠다.

"진정하라, 친애하는 사원소(물, 불, 흙, 공기) 가운데 하나여!"

그러자 불꽃이 꺼졌다.

메피스토펠레스가 젊은이들에게 말했다.

"자, 이번에는 연옥의 불 한 방울로 끝났소. 하지만 다음번에는……."

그들 중 한 명이 마개를 뽑자 이번에는 불길이 치솟았다. 젊은이들은 화가 치밀었다. 그들은 '마법'이라고 외치며 칼을 빼들고 메피스토펠레스에게 달려들었다. 그러자 메피스토펠레스가 다시 주문을 외웠다.

"허망한 그림자와 말[言]아! 그 의미와 장소를 바꾸어라! 여기에 있으면서 동시에 저기도 있어라!"

그러자 젊은이들이 놀란 듯 서로 쳐다보았다. 그들 눈앞에 푸르른 포도밭과 포도송이들이 펼쳐져 있었다. 그들은 잘못 본 것이 아닌가 하면서 포도송이를 손으로 잡았다.

그러자 메피스토펠레스가 좀 전과 같은 몸짓으로 다시 말했다.

"거짓아! 눈의 굴레를 벗겨주어라!"

그런 후 다시 젊은이들을 향해 말했다.

"너희, 사탄이 노는 모습 잘 보았지? 잊지 마라."

말을 마친 후 메피스토펠레스는 파우스트와 함께 순식간에 사라졌다.

그 자리에 남은 젊은이들은 어안이 벙벙했다. 어느새 포도 밭은 사라지고 그들은 상대방의 코를 잡고 있었다. 전부 사기 라고 말하는 친구도 있었고, 진짜 포도주를 마신 기분이었다고 말하는 친구도 있었다. 그러자 그중 한 명이 다짐하듯 말했다.

"이래도 기적을 믿어서는 안 된다고 할 놈이 있을까?"

젊어진 파우스트, 그레트헨을 사랑하게 되다

마녀의 부엌

마녀의 부엌 아궁이 불 위에 커다란 솥이 걸려 있다. 그 솥에서 피어오르는 김 속에서 여러 형상이 나타났다. 긴꼬리원숭이 암컷이 솥 옆에 앉아서 국물이 넘치지 않게 거품을 걷어내고 있고, 수컷은 새끼들과 그 옆에 앉아 불을 쬐고 있었다.

그곳에 파우스트와 메피스토펠레스가 나타났다. 파우스트에게는 지하 주점에서 있었던 일이 하나도 재미가 없었다. 그런데 메피스토펠레스가 그를 마녀의 집으로 데려가는 것을 보고 불평했다.

"이런 도깨비장난 같은 건 싫어. 이런 너저분한 짓으로 내가 다시 태어날 것 같은가? 이런 할망구 도움을 받으라고? 이

따위 국물로 내가 30년이나 젊어진다고? 더 좋은 방법이 없는가? 자연 속에, 고귀한 정신 속에 묘약이 없단 말인가? 그런 고결한 방법으로 묘약을 찾아내지 못했단 말인가?"

"이보시오, 뭘 또 그리 잘난 척하는 거요? 자연스럽게 젊어질 수 있는 방법이 있긴 하지. 하지만 그건 다른 책에 쓰여 있는 데다가 내용도 아주 별나다오."

파우스트가 그 방법이 뭐냐고 묻자 메피스토펠레스가 말했다.

"꼭 말해줘야 하나? 좋소, 돈이나 의사, 마법의 힘을 빌리지 않고 젊어지는 방법이 있소. 곧장 들판으로 나가서 호미질과 곡괭이질을 하면 되지. 몸과 마음을 절제하고 정결한 음식을 먹고 가축과 한 가족이 되어 살면 되지. 논밭에 직접 거름 주는 것도 잊지 말고. 그게 100세까지 젊음을 유지하는 가장 좋은 방법이오."

"나는 그런 일에 익숙하지도 않을뿐더러 삽을 손에 쥐고 싶지도 않네. 그런 답답한 생활은 내게 어울리지 않아."

"그러니까 마녀 신세라도 져야지요."

"왜 마녀 신세를 진단 말인가? 자네가 직접 끓이면 되지."

"내가 그렇게 한가하다면 좋겠군요. 그 시간이 있으면 다리를 수천 개 놓는 게 낫지. 묘약을 빚으려면 기술만 필요한 게 아니라오. 끈기도 필요하지. 묵묵히 몇 년을 매달려야 하는 일이란 말이오. 사탄은 마녀에게 약 끓이는 법은 가르쳐주지만 직접 끓이지는 않소."

파우스트는 메피스토펠레스와의 입씨름을 거두고 부엌 벽에 걸린 거울을 들여다보았다. 그러고는 거울로 가까이 다가갔다 멀어졌다 했다. 그가 메피스토펠레스에게 말했다.

"저게 뭐지? 웬 아리따운 모습이 거울 앞에 나타나는 거야? 오, 사랑의 신이시여! 내게 가장 빠른 당신의 날개를 빌려주십시오. 나를 저 여인이 있는 곳으로 데려가주십시오! 아, 가까이 가려고만 하면 안개에 감싸인 듯 모습이 흐려지는구나. 어쩌면 이리도 아름다울 수 있지? 저렇게 늘씬하고 아름다운 몸은 분명 지상의 존재가 아니야. 천상의 화신이야."

"당연하지. 신이 엿새 동안 공을 들였으니 저런 정도 쓸 만한 게 나오는 건 당연하지 않겠소? 이번에는 눈요기로 실컷 봐두시오. 저런 보물쯤은 내가 얼마든지 찾아드릴 수 있으니……."

메피스토펠레스는 원숭이들과 장난을 쳤다. 암원숭이가 한눈을 파는 사이에 솥이 끓어 넘쳤다. 그때 마녀가 무서운 고함소리를 내며 굴뚝 불꽃 사이로 내려왔다.

"어휴! 어휴! 이 빌어먹을 놈의 짐승들! 솥 하나 지키지 못하고 주인 마나님을 태워죽일 작정이냐? 이 오라질 놈의 짐승들."

짐승들을 향해 고함을 지르던 마녀의 눈에 파우스트와 메피스토펠레스의 모습이 보였다.

"이건 또 뭐야? 웬 놈들이냐? 여기서 뭘 하는 게냐? 온몸에 불벼락을 맞고 싶으냐?"

마녀는 국자를 솥 속에 집어넣더니 파우스트와 메피스토펠레스와 짐승들을 향해 불꽃을 뿌렸다. 그러자 메피스토펠레스가 손에 든 먼지떨이를 거꾸로 잡더니 유리그릇과 냄비를 두드리며 소리쳤다.

"때려라! 부수어라! 두 동강이 나라! 죽이 흐른다! 유리그릇이 깨진다! 이건 아직 장난이다. 네 가락에 맞추는 장단이다, 이 썩을 년아!"

그러자 마녀가 겁에 질려 뒤로 물러났다. 그러자 메피스토펠레스가 호통을 쳤다.

"그래도 나를 몰라보느냐? 이 해골아, 이 허수아비 년아! 네 년 주인을 몰라보느냐? 스승을 몰라보느냐? 이 붉은 조끼가 두렵지 않단 말이냐? 이 수탉의 깃도 몰라본단 말이냐? 내가 얼굴을 감추기라도 했느냐? 내 입으로 이름을 일러바쳐야 알겠느냐?"

"오, 주인님! 용서해주십시오. 말굽이 보이지 않고 까마귀도 함께 데리고 오시지 않아 못 알아보았습니다."

"이번만은 용서하마. 만나본 지도 오래되었으니……."

"사탄 나리를 여기서 다시 뵈니 좋아서 미칠 지경입니다."

"이 여편네야, 사탄이라는 이름으로 부르지 마라."

"왜요? 그 이름이 어떻다고 그러시는 거지요?"

"그 이름은 이제 옛날 동화책 속에나 나오는 거다. 그렇다고 사람들 사이에 사탄이 사라진 건 아니지만. 사탄 같은 인간들이 좀 우글거리느냐? 어쨌든 나를 남작 나리라고 불러라. 내 혈통이 어디 빠지는 데가 있느냐? 나도 다른 기사들 못지않지. 여길 봐라. 이게 바로 내가 지닌 우리 가문의 문장이다."

메피스토펠레스는 음탕한 몸짓을 해 보였다. 그러자 마녀가 숨넘어가게 웃으며 말했다.

"호호호, 나리다워요. 늘 그렇듯이 여전히 장난꾸러기시네요. 그런데 무슨 일로 이곳에 오셨지요?"

"그 약 있잖아, 젊어지는 약! 제일 오래된 것으로 듬뿍 줘. 오래된 것일수록 약효가 좋으니까."

"여부가 있습니까. 여기 한 병 있습니다. 하지만 이분이 무턱대고 마시면 한 시간도 살아남지 못할 텐데요."

"이분은 좋은 친구니, 그런 일 없이 아주 뛰어난 효력을 발휘하게 해야 한다. 네가 만든 것 중에 최상품을 올려라. 둥글게 원을 그리고 주문을 왼 다음 한 잔 가득 따라라!"

마녀는 온갖 이상한 몸짓을 하며 원을 그리더니 온갖 물건들을 원 안에 늘어놓았다. 그리고 커다란 책을 가져오더니 원숭이들을 원 안에 세웠다. 마녀는 파우스트에게 가까이 오라고 손짓했다.

그러자 파우스트가 메피스토펠레스에게 말했다.

"아니, 이게 다 무슨 짓인가? 저 웃기는 물건들에다가 미친 몸짓이라니! 다 내가 아는 것들이야. 아주 천박한 술수지. 정말 추악해."

"거참, 그냥 웃자고 하는 짓이오. 너무 엄숙한 척하지 마시오. 마녀가 저렇게 법석을 떨어야 약효가 있으니."

그러면서 메피스토펠레스는 파우스트를 원 안으로 떠밀었다. 마녀는 열심히 책을 낭송하고 난 후 번잡스레 격식을 차리더니 약을 사발에 따랐다. 파우스트가 살짝 입술에 갖다 대자 불꽃이 일었다. 그는 약을 쭉 들이켰다. 그러자 메피스토펠레스가 말했다.

"자, 얼른 밖으로 나갑시다. 움직여서 땀을 푹 흘려야만 효과가 좋은 법이오. 어디 점잖게 앉아 있는 에로스 보신 적 있소? 사랑의 신이 당신 안에서 폴짝폴짝 뛰는 걸 곧 느끼게 될 거요."

파우스트는 뭔가 아쉬운 듯 메피스토펠레스에게 말했다.

"잠깐만 거울을 한 번 더 보고 가세! 저리도 아름다운 여인이 있다니!"

"아니! 그럴 필요 없어요! 선생은 이제 곧 모든 여인의 이상형을 실제로 눈앞에서 보게 될 거요."

그러더니 그는 소리 죽여 혼잣말을 했다.

"약효가 네 몸에 퍼지기만 해봐라. 모든 여자가 천사처럼 아름다운 여인 헬레네로 보일 거다. 저 트로이 전쟁을 불러일으킨 헬레네 말이다."

길거리

그들이 길거리로 나섰을 때 파우스트의 눈이 번쩍 뜨였다. 너무 아름다운 여자가 그의 옆을 지나갔기 때문이었다. 그는 묘약의 효과로 30년은 젊어진 청년의 모습이었다. 그가 처녀의 팔을 잡으며 말했다.

"아름다운 아가씨, 제가 감히 댁까지 모셔다드려도 되겠습니까?"

"저는 양반집 아가씨도 아니고 아름답지도 않아요. 그리고 저 혼자서도 갈 수 있어요."

그녀는 파우스트를 뿌리치고 가버렸다. 파우스트가 메피스토펠레스에게 말했다.

"이보게, 내 저렇게 아름다운 처녀는 생전 처음 본다네. 붉은 입술, 반짝이는 눈, 내 평생 잊지 못할 것 같아. 톡 쏘아붙이는 모습도 정말 황홀하기 그지없어. 이보게, 저 여자를 꼭 만나게 해주게."

"아이고, 안 돼요. 정말로 순진한 처녀란 말이오. 저런 여자는 나도 어떻게 손써볼 도리가 없어요."

하지만 파우스트는 막무가내였다. 심지어 그날 밤 당장 그녀와 지내지 못한다면 메피스토펠레스와 헤어질 것이라고 으름장을 놓았다. 메피스토펠레스는 못 이기는 척 애써보겠다고 했다.

"이런 일일수록 신중해야 하오. 당장 그녀를 품에 넣을 수는 없소. 천천히 그녀의 마음을 사로잡아야 하오."

"그렇다면 할 수 없지. 그녀에게 가져갈 선물을 듬뿍 준비하게."

메피스토펠레스는 고개를 돌리고 혼잣말을 했다.

"당장 선물을 하겠다고? 잘됐어, 정말 잘됐어. 일이 잘되어가는군. 나는 보물이 묻힌 곳을 많이 알고 있지. 그럼 어디 시찰 좀 해볼까?"

저녁

그녀 이름은 그레트헨 마르가레테였다. 저녁에 그녀는 작은 자기 방에서 머리를 땋아 묶으며 생각했다.

"오늘 그분은 누구였을까? 알 수만 있다면 뭐든 내놓을 텐데. 정말 늠름한 분이셨어. 귀족 출신이 틀림없어. 그렇지 않다면 어떻게 그리 대담할 수 있겠어?"

그녀가 잠시 방을 비운 사이 파우스트와 메피스토펠레스가 그 방으로 들어왔다. 메피스토펠레스의 손에는 작은 보석함이 들려 있었다. 그는 그 보석함을 재빨리 궤짝 안에 넣었다. 그레트헨이 들어오는 소리에 둘은 황급히 그 방에서 나갔다.

방으로 들어온 그레트헨은 옷을 갈아입으려고 궤짝을 열다가 작은 보석함을 발견했다. 그녀는 깜짝 놀랐다.

"어머, 이렇게 예쁜 보석함이 왜 여기 들어 있지? 참, 이상한 일이네."

그녀는 혹시 누군가 어머니에게 돈을 빌리고 담보로 맡긴 게 아닌가 생각했다. 그때 보석함 옆에 작은 끈이 보였다. 끈을 당기자 보석함이 열렸다. 그녀는 화들짝 놀랐다.

"어머, 이게 뭐야! 생전 처음 보는 보석들이네. 노리개에 목걸이에! 귀부인들은 성대한 잔칫날에 이런 것들로 치장하겠지? 이게 도대체 누구 걸까?"

그녀는 보석으로 치장하고 거울 앞에 섰다.

"아, 이 귀걸이만이라도 내 것이었으면! 금방 딴사람이 된 것 같아. 아름답고 젊은들 무슨 소용 있겠어? 사람들이 예쁘다고 칭찬하면서도 속으로는 가엾게 여기는걸. 온통 돈을 향해서만 달려들고 매달리니! 아, 우리처럼 가난한 여자들이란!"

그때 그레트헨의 어머니가 방으로 들어왔다. 그녀도 보석을 보고 깜짝 놀랐다. 그러나 너무 호사스러운 패물들이라서 겁이 덜컥 났다. 신앙심이 깊은 그녀가 그레트헨에게 말했다.

"얘야, 이건 뭔가 부정한 재물이 틀림없어. 부정한 재물은 영혼을 해치는 법이란다. 성모님께 이것을 바치면 천국의 양식으로 우리를 기쁘게 해주실 거야."

그레트헨이 입을 삐죽이며 섭섭해했지만 어머니는 기어코 교회 신부에게 보석함을 가져갔다. 보석을 본 신부가 말했다.

"참 잘 생각하셨소. 욕심을 이겨내는 사람이 복 받기 마련이오. 이런 부정한 재물은 오로지 교회만이 소화할 수 있소."

그 사실을 알게 된 메피스토펠레스는 노발대발했다.

젊어진 파우스트, 그레트헨을 사랑하게 되다

"에이, 두고두고 실연이나 당해라! 지옥 불에나 떨어져라! 어디 더 고약한 저주 없나?"

파우스트가 무슨 일이냐고 물었다.

"내가 사탄만 아니라면 나를 통째로 사탄에게 맡기고 싶은 심정이오. 그레트헨을 위해 마련한 패물을 신부 놈이 몽땅 가로채 갔소! 뭐가 어째? 교회 위장은 튼튼해서 뭘 집어삼켜도 끄떡없다고? 그 보석을 다 가져가고 겨우 하느님의 은혜 어쩌고저쩌고하는 보답밖에 안 해?"

파우스트는 온통 그레트헨 생각뿐이었다.

"그레트헨은 어떻게 하고 있는가?"

"당연히 수심에 가득 차 있지. 그저 밤낮으로 보석만 생각한다오. 물론 그 보석을 가져온 분에 대한 생각을 더 하지."

"그 사랑스러운 아가씨가 시름에 잠겨 있다니, 정말 안타깝군. 당장 새로운 보석을 마련하게. 지난번 것은 너무 약소했어. 자, 그렇게 죽처럼 흐물흐물하지 말고 냉큼 새로운 패물을 준비해."

"알았습니다, 나리. 그저 시키시는 대로 하지요."

메피스토펠레스는 파우스트에게 들리지 않게 혼잣말로 중얼거렸다.

"여자에게 홀딱 빠진 얼간이들은 사랑하는 계집을 위해서라면 해고 달이고 별이고 간에 모조리 허공으로 날려버리려 든단 말이야."

이웃집

그레트헨은 이번에 더 많은 패물이 든 보석함을 발견하고는 어머니가 볼 새라 이웃 마르테의 집으로 달려갔다. 마르테의 남편은 한몫 잡겠다며 집을 나간 뒤 오랫동안 돌아오지 않아 그녀 혼자 살고 있었다. 그레트헨은 마르테의 이름을 부르며 황급히 그녀의 집으로 들어섰다. 그녀가 무슨 일이냐고 묻자 그레트헨이 말했다.

"아주머니 무릎이 후들거리는 게 쓰러질 것만 같아요. 글쎄 제 궤짝 안에 또 작은 패물함이 들어 있지 뭐예요. 지난번 것보다 귀하고 값진 것들이 훨씬 더 많아요."

"어머니에게 말하지 마라. 또 고해실로 들고 갈 게다."

두 여자는 패물함을 열고 보석들을 만지며 황홀해했다. 그레트헨은 보석들로 치장을 했다. 그때 문 두드리는 소리가 났다. 마르테가 문틈으로 내다보니 웬 모르는 남자가 서 있었다. 그녀는 문을 열어주며 들어오라고 했다. 메피스토펠레스였다. 그가 들어서더니 말했다.

"이렇게 불쑥 찾아뵈어 죄송합니다. 두 분께서는 제 무례함을 용서해주십시오. 저는 마르테 슈베르트라인 부인을 만나 뵈러 왔습니다."

마르테가 자기가 그 사람이라며 무슨 일로 왔느냐고 묻자 메피스토펠레스가 말했다.

"일단 부인을 찾은 것으로 충분합니다. 아주 귀한 손님이 오신 것 같은데 방해가 되어 죄송합니다. 나중에 다시 오겠습니다."

그 말을 들은 그레트헨이 말했다.

"저는 가난한 집 처녀지 귀한 사람이 아니에요. 이 장신구들 때문에 그러시죠? 이것들은 제 것이 아니에요."

"아니 장신구들 때문이 아닙니다. 정말 인품이 돋보이고 안목이 뛰어나 보이십니다."

옆에서 수작을 보고 있던 마르테가 말했다.

"나중에 다시 오시더라도 무슨 일로 오셨는지는 지금 말씀해주세요."

"이거 참, 기쁜 소식이었으면 좋았을 것을……. 저를 원망하지 말아주시기 바랍니다. 부인의 부군께서, 그만 돌아가셨습니다. 부인께 안부를 전해달라고 하셨습니다."

"세상을 떠났다고요? 그 착한 사람이! 아이고, 우리 영감이 죽다니! 아이고 이제 어쩌나."

메피스토펠레스가 마르테를 달래며 그녀의 남편이 파두아의 성 안토니우스 옆에 묻혔다는 둥, 실은 아름다운 아가씨와 바람을 피워서 딴살림을 차렸다는 둥, 그 아가씨가 죽을 때까지 돌봐주었다는 둥, 있지도 않은 이야기를 꾸며대더니 이렇게 말했다.

"내가 만일 부인 입장이라면 일 년 정도 점잖게 남편을 애도하다가 새로운 배필을 찾아 나설 것이오."

"어머, 무슨 그런 말씀을. 그래도 그런 사람을 이 세상에서 다시 만나기는 쉽지 않을 거예요. 그렇게 착하고 어수룩한 사람은 없을 거예요. 다만 떠돌아다니길 너무 좋아하고 낯선 여인이나 처음 맛보는 술, 노름을 너무 좋아하는 게 탈이긴 했지만……."

"그랬군요. 그런 사람인데도 받아들이셨군요. 그런 조건이라면 저도 부인과 결혼하고 싶은데요?"

마르테가 몸을 외로 꼬면서 말했다.

"어머, 별말씀을……. 농담도 잘하시네."

메피스토펠레스가 인사를 건넨 후 물러가려 하자 마르테가 말했다.

"우리 남편이 언제 어디서 눈을 감았는지 알려주는 증명서가 있었으면 좋겠어요. 저는 원래 분명한 성격이라……."

'으음, 생각대로군.'

메피스토펠레스는 속으로 이렇게 중얼대더니 말했다.

"알았습니다. 제가 증인 한 명을 데리고 오겠습니다. 저와 둘이 증인이 되면 사실로 입증되는 법이니까요. 여기 이 아가씨도 그 자리에 함께 계셨으면 좋겠습니다. 아주 착실한 젊은이랍니다."

그러자 마르테가 말했다.

"저기 우리 집 뒤편의 정원에서 오늘 저녁에 기다리고 있겠어요."

메피스토펠레스는 물러나 거리에서 기다리고 있던 파우스트를 만나 자초지종을 이야기해주었다. 파우스트가 거짓 증언을 하라는 말이냐며 펄쩍 뛰자 메피스토펠레스가 말했다.

"제길, 그렇다면 그레트헨을 그냥 잠시 노리갯감으로 여기고 유혹하려 한 거로군."

그러자 파우스트가 또 펄쩍 뛰었다.

"아냐, 진심으로 그녀를 사랑해. 이 안에서 타오르는 불꽃은 무한하고 영원해. 악마들의 거짓 장난이 아니야. 도리가 없군.

자네 말을 따르겠네."

정원

그날 저녁 넷은 정원에서 만났다. 메피스토펠레스는 파우스
트와 그레트헨이 이야기를 나눌 수 있도록 마르테를 눈짓으로
유혹해 정원 다른 쪽으로 데리고 갔다.

둘이 남게 되자 그레트헨이 파우스트에게 말했다.

"비천한 저를 이렇게 아껴주시니 몸 둘 바를 모르겠어요. 그
런 귀한 선물들도 주시고. 세상 경험 많으신 분이 저 같은 하찮
은 여자와 무슨 재미있는 이야기를 나누실 수 있겠어요?"

파우스트가 그녀의 말에 답했다.

"당신의 눈길 한 번, 말 한마디가 이 세상 그 어떤 지혜보다
도 나를 즐겁게 한다오."

그는 그레트헨의 손에 입을 맞추었다.

"어머, 이러지 마세요. 그 귀한 입을 제 거친 손에……. 저는
정말로 일을 많이 해요. 어머니가 엄격하시거든요. 당신은 저보
다 아름답고 똑똑한 친구들이 정말 많을 거예요. 그렇게 여행
을 많이 하시니……."

"오, 아가씨, 흔히 똑똑하다고 하는 건, 천박함이나 허영심인

경우가 많답니다.”

“어머, 그럴 리가요!”

순간 파우스트는 생각했다.

'아, 이 소박하고 순진한 아가씨는 자신이 얼마나 성스러운 가치를 지니고 있는지 전혀 모르고 있구나. 자연이 은혜로 베푼 최상의 선물이 바로 겸손과 겸양이라는 것을 모르고 있구나.'

그가 속으로 감탄하고 있는 사이 그레트헨이 다시 말을 이었다.

“당신은 저를 한순간 생각해주고 마시겠지요? 저는 오래오래 당신을 잊을 수 없을 거예요.”

그러더니 그녀는 자신의 집안 사정을 파우스트에게 이야기해주었다. 집에 하녀가 없어서 자기가 모든 일을 도맡아 한다, 그렇게 어려운 살림살이는 아니지만 어머니가 너무 알뜰한 분이라서 그럴 수밖에 없다, 아버지는 돌아가셨고 오빠는 군대 갔다, 여동생이 있었지만 죽었다, 여동생을 낳을 무렵 아버지가 돌아가셔서 어머니가 몸져눕게 되었다, 그래서 자기가 동생을 직접 우유를 먹이며 키웠다, 정말 천사 같은 아이였다, 등의 이야기를 자세하게 해주었다.

집안 이야기를 마친 후 그녀가 얼굴을 붉히며 고개를 숙이더니 조용히 말했다.

"실은, 당신이 정원에 들어설 때 당신을 알아보았어요."

"오, 작은 천사, 어떻게 그럴 수가! 그렇다면 내가 무례하게 군 걸 용서해주겠소? 성당에서 당신이 나올 때 뻔뻔스러운 짓을 했지요."

"전 정말 놀랐어요. 제 행실이 잘못되었나 생각했고요. '이런 여자애하고 한번 놀아보자', 이런 생각에 절 잡으신 것 같았거든요. 하지만 솔직히 말하겠어요. 그때 이미 당신을 향한 좋은 마음이 싹트기 시작한 것 같아요. 그렇지만 그땐 몰랐어요. 당신에게 좀 더 매몰차게 대하지 못한 저를 탓하기만 했지요."

"아, 이렇게 사랑스러울 수가."

그때 그레트헨이 별 모양의 꽃을 꺾어 꽃잎을 하나씩 떼어내기 시작했다. 파우스트가 물었다.

"뭐하는 거지요? 꽃다발을 만들 건가요?"

"아니에요. 그냥 장난삼아 해보는 거예요. 저리 가세요. 저를 비웃으실 거예요."

그녀는 아주 작은 목소리로 '그이가 날 사랑한다, 날 사랑하지 않는다'를 번갈아 중얼거리며 꽃잎을 하나씩 떼기 시작했다. 그녀는 마지막 꽃잎을 떼며 기쁨의 탄성을 질렀다.

젊어진 파우스트, 그레트헨을 사랑하게 되다

"그이가 날 사랑한다!"

"그래요, 사랑하고말고요! 이 꽃말을 신의 예언으로 받아들여요. 그이가 날 사랑한다! 당신, 그 뜻을 알겠소? 그이가 날 사랑한다!"

그는 그레트헨의 두 손을 꼭 잡았다. 그러자 그녀가 말했다.

"어쩐지 무서워요."

"떨지 말아요. 이 눈길, 이 손길이, 입으로 말할 수 없는 것을 말해주고 있소. 당신에게 몸도 마음도 송두리째 바칩니다. 영원한 기쁨을 느끼며! 아, 영원한 기쁨! 그것이 끝나면 절망하겠지? 아니, 끝날 리가 없다, 끝날 리가 없어!"

그레트헨은 파우스트의 손을 꼭 쥐었다가 뿌리치고 달아났다. 파우스트는 잠시 생각에 잠겼다가 그 뒤를 쫓아갔다.

그레트헨은 정원에 있는 작은 정자로 들어가 문 뒤에 숨었다. 그녀는 한 손가락 끝을 입술에 대고 문틈으로 밖을 엿보았다. 파우스트가 곧 안으로 들어가더니 그녀를 껴안고 입을 맞추었다. 그녀는 파우스트를 안고 입맞춤에 응하면서 말했다.

"오, 내 사랑! 당신을 정말 사랑해요."

그때 메피스토펠레스가 정자의 문을 두드렸다.

파우스트가 낯을 찌푸리며 물었다.

"누구시오?"

"좋은 친구라오."

파우스트는 못내 아쉬웠지만 그레트헨에게서 떨어질 수밖에 없었다.

메피스토펠레스가 안으로 들어서며 시치미를 떼고 말했다.

"이제 헤어질 때가 되었소."

메피스토펠레스와 함께 들어선 마르테가 너무 늦었다고 말하자 그레트헨도 어머니가 돌아오셨을지 모른다며 파우스트를 품에서 떼어냈다. 그녀들이 잘 가라고 인사하자 둘은 밖으로 나올 수밖에 없었다. 그들이 멀어지자 그레트헨이 중얼거렸다.

"아, 정말 좋은 분이셔. 저분 앞에만 서면 부끄럽기만 해. 무슨 말을 하시건 그냥 '네'라는 말밖에 안 나와. 나는 정말 아무것도 모르는 가엾은 앤데, 왜 나를 좋아하시는지 모르겠어."

숲과 동굴

며칠이 흘렀다. 파우스트는 숲 속 동굴에 홀로 앉아 있었다. 파우스트는 그레트헨을 향한 사랑을 더 깊이 느꼈다. 그는 그 사랑을 통해 자연을 느끼고 즐길 힘을 얻은 것을 기뻐했다. 가슴 깊은 곳에 숨어 있던 비밀스러운 기적이 모습을 드러낸 것 같았다. 그는 신에게 가까이 다가가는 기쁨과는 정반대되는 욕망의 거센 불길을 느끼고 기뻐했다. 비록 스스로가 천하게 여겨지고 그 기쁨의 선물이 일거에 허무하게 사라질지언정, 그 불길을 꺼버릴 수는 없었다. 그는 이제 가증스러운 악마 메피스토펠레스 없이는 지낼 수 없게 되었음을 느꼈다.

그때 메피스토펠레스가 돌아왔다. 그가 파우스트를 약 올렸다.

"이제 삶을 즐길 만큼 즐겼소? 그만하면 됐지요? 질질 끌면 무슨 재미가 있겠소? 다시 새로운 재미를 찾아 떠납시다."

"이봐, 이렇게 좋은 날에 나를 괴롭히지 말고 딴 할 일이나 찾아봐."

"알았소, 알았소. 나도 선생을 조용히 내버려두고 싶으니 그렇게 인상 쓰며 말하지 마쇼. 내가 당신 마음에 드는 일 찾느라 온종일 얼마나 바쁘게 돌아다녔는지도 모르면서."

"정말, 너다운 말이구나. 날 이렇게 지루하게 만들어놓고 고맙다는 인사까지 받으려고 하다니."

"무슨 그런 말을! 내가 없었다면 선생은 어떻게 살았을 것 같소? 내가 아니었으면 벌써 지구를 떠났을 거요. 그런데 지금 왜 이렇게 동굴 속 바위 틈새에 앉아 궁상을 떨고 있는 거요? 박사 기질이 또 돋으셨나?"

"이 거친 자연에서 얼마나 새로운 생명력이 솟구치는지 네가 알기나 해?"

"원 저렇게 자기 자신을 속이다니! 하긴 가끔 그럴 필요도 있지. 하지만 오래가지 못할걸. 미쳐버리거나 공포에 휩싸일걸. 자, 그런 이야기는 그만두고 선생이 사랑하는 여자 이야기나 합시다. 내가 보니 그 여자는 자기 집 안에 틀어박혀 답답해하고 서러워하고 있소. 선생한테 흠뻑 빠져 오매불망 선생을 잊지 못하고 있다오. 그런데 선생은 이게 뭐요? 그 넘쳐흐르던 사랑의 열정은 다 어디 갔소? 그 사랑을 그 아이의 마음에 들이퍼붓더니만 벌써 메말라버린 거요? 이렇게 숲 속에 버티고 있지 말고 그 가련한 어린 것의 사랑에 보답해야 훌륭하신 선생다운 짓이 아니겠소? 그 애는 온종일 창가에 서서 하늘을 바라보며, '내가 한 마리 작은 새라면!'이라는 노래만 부른다오. 그러다 울어버리지. 실컷 울고 나면 좀 진정되는 것 같지만 금방 다시 사랑에 빠져 허우적거린다오."

"이, 이 뱀 같은 놈! 뱀 같은 혓바닥을 날름거리다니!"

"아니, 우리 뱀 친척 이야긴 왜 하쇼? 하긴 이브를 잘도 꼬이긴 했지."

메피스토펠레스는 고개를 옆으로 돌리고 혼잣말을 했다.

'어때, 보기 좋게 걸려들었지!'

파우스트가 다시 메피스토펠레스에게 말했다.

"이런 흉악한 놈! 당장 꺼져라. 그 아름다운 아가씨를 입에 올리지 마라! 반쯤 미쳐버린 내 마음속에, 그 감미로운 육체에 대한 욕망을 부추기지 마라."

"마음대로 하쇼. 그 아이는 선생이 도망쳤다고 믿고 있소. 사실 도망친 거나 다름없지."

"썩 꺼져라, 이 뚜쟁이 놈아!"

"좋소, 맘껏 욕하시오. 그래 봤자 웃음밖에 안 나오는군. 사내와 계집을 창조한 신은 직접 둘을 맺어주는 것을 고상한 일로 여겼소. 아주 고급 뚜쟁이지. 자, 빨리 가보시구려. 정말 눈뜨고는 못 봐주겠소. 사랑스러운 여인의 방으로 가라는 말이지 죽으러 가라는 게 아니라오."

"아, 그녀의 품에서 느끼는 천상의 기쁨이 도대체 무엇이란 말인가! 그 기쁨 속에는 그녀의 괴로움이 함께하고 있지 않은가! 나는 떠돌이 아닌가? 집도 절도 없는 놈 아닌가? 급류처럼 심연을 향해 돌진하는 인간 아닌가? 그런데 그녀는? 알프스 들판의 작은 오두막에서 집안일에 갇힌 채 살아가는 소녀 아닌가?

아, 신의 노여움을 산 나는 바위들을 움켜쥐고 그것들을 산

산이 부수고도 성이 차지 않았단 말인가? 정녕 그녀를, 그녀의 평화를 내가 깨뜨렸단 말인가? 지옥이여, 네가 이런 희생을 원한 것인가! 사탄이여, 두려움의 시간을 줄여다오! 어차피 피할 수 없는 일이라면 차라리 빨리 일어나라! 그녀의 운명이 내 머리 위로 허물어져, 둘이 함께 멸망해도 좋으니!"

"자, 다시 부글부글 끓어오르고 뜨겁게 불타오르는구려. 이 바보 같은 양반아, 어서 가서 그녀를 위로하라니까. 그런 아이는 막다른 골목에 다다르면 곧바로 죽음을 생각하기 마련이지. 선생은 이미 상당한 사탄의 경지에 이르렀는데 도대체 왜 이러시오? 절망하는 사탄보다 더 밥맛없는 건 이 세상에 없소."

마르테의 정원

사랑을 나눈 파우스트와 그레트헨이 정원에서 이야기를 나누고 있었다. 신앙심이 깊은 그레트헨이 파우스트에게 말했다.

"약속해줘요, 하인리히"

"내가 할 수 있는 일이라면 뭐든 약속하겠소."

"그렇다면 말씀해주세요. 당신은 종교를 어떻게 생각하세요? 당신은 정말 좋은 분이지만 종교는 별로 중요하게 생각하지 않는 것 같아요."

"그 이야기라면 그만둡시다. 내가 당신을 사랑하고 있는 건 잘 알지 않소? 나는 사랑하는 사람을 위해서라면 얼마든지 살과 피를 바칠 수 있소. 또 그 누구에게서도 감정이나 신앙을 빼앗고 싶지 않을 뿐이오. 그건 그 사람의 것이니까."

"그건 옳지 않아요. 하느님을 믿어야 해요."

"누구나 믿어야 한다고?"

"아, 당신을 설득할 수만 있다면! 당신은 교회도 존중하지 않고 성스러운 것도 존중하지 않아요."

"나는 성스러운 것은 존중하오."

"하지만 진심이 아니잖아요. 당신은 미사도 드리지 않고 고해도 하지 않아요. 하느님을 믿으세요?"

"내 사랑, 누가 감히 하느님을 믿는다고 말할 수 있겠소? 성직자나 현자에게 하느님을 믿느냐고 물어보시오. 묻는 사람을 우롱하는 것 같은 답밖에는 들려주지 않을 거요."

"그러니까 당신은 하느님을 믿지 않는 거지요?"

"내 말을 오해하지 말아요. 누가 하느님을 부를 수 있겠소? 누가 하느님을 믿는다고 고백할 수 있겠소? 또한 누가 하느님을 믿지 않는 걸 느낀다고 해서 그것을 입 밖에 낼 수 있겠소?

자, 보시오. 하늘은 저 높은 창공을 둥글게 감싸고 있소. 대지는 모든 것을 받쳐주고 있소. 그것들이 우리를 품에 안고 받쳐 주고 있소, 별들은 영원히 다정하게 반짝이고 있소. 당신과 이 렇게 눈을 마주하고 있으면 온갖 것들이 당신 가슴속으로 몰려 들어간다오. 그것들은 영원한 신비에 감싸여 그대 곁을 보일 듯 말 듯 떠돌고 있소. 그대의 커다란 마음이 그것으로 가득 차고 그것에 묻혀 행복에 넘치면 그것이 무엇이든 상관없소. 행복! 진심! 사랑! 신! 그 무엇이든 당신이 원하는 이름을 붙여 부르면 그만이오. 나는 그것에 이름을 붙일 필요 없소. 내가 느끼는 것으로 충분하오. 이름은 천상의 불꽃을 감싸고 있는 허망한 껍질에 불과하오."

"잘 모르지만 전부 근사하고 좋은 말이네요. 신부님도 비슷하게 말씀하세요. 하지만 당신 말을 듣고 있으면 뭔가 이상해요. 아마 당신에게 신앙심이 없기 때문일 거예요. 그리고 당신이 그 남자와 함께 있는 게 무척 마음 아파요."

"왜 그런 거요?"

"그 사람이 전 정말 싫어요. 그렇게 제 가슴에 못을 박는 혐오스러운 얼굴은 처음 봤어요."

"오, 사랑스러운 아가씨, 그를 두려워하지 말아요!"

"그 사람과 같이 있으면 제 마음이 혼란스러워요. 당신이 그리워지다가도 그 사람만 생각하면 무서워져요. 그 사람은 악당인 것 같아요. 그 사람이 우리 가까이 오기만 해도 당신을 더 사랑하고 싶지 않다는 생각까지 들 정도예요. 그 사람 옆에서는 기도도 할 수 없을 것 같아요."

"그런 이상한 존재도 이 세상에는 있어야 하는 법이라오. 당신이 너무 천사 같은 마음씨를 가져서 무서워하는 거지."

"저는 이제 가야겠어요."

"아, 한 시간 만이라도 당신 품에 안겨 가슴과 가슴, 영혼과 영혼을 맞대고 쉴 수 없단 말이오?"

"제가 밤에 혼자 잘 수 있는 처지라면! 그러면 밤마다 빗장을 열어놓을 텐데! 하지만 우리 어머니는 잠귀가 밝아요. 어머니에게 들키는 날에는 전 목숨을 부지하기 어려울 거예요."

"천사여, 어머니를 잠시 잠에 빠지게 하면 되지 않소? 여기 약병이 있소. 음료에 세 방울만 떨어뜨리면 편안하고 깊은 잠에 빠질 수 있소."

"당신과 함께할 수 있다면 무슨 일인들 못 하겠어요? 설마 어머니께 해가 되는 건 아니겠지요?"

"만일 그렇다면 내가 그걸 당신에게 권하겠소?"

"당신을 보기만 하면 어째서 당신 뜻을 따르게 되는지 모르겠어요. 당신을 위해서라면 무슨 일이든 하게 되니……."

그날 그레트헨은 어머니 음료에 약을 탔고 어머니는 깨어나
지 못했다.

파우스트, 그레트헨과 영원히 이별하다

우물가

그레트헨이 친구 리스헨과 마을 우물에서 물을 길어 집으로 돌아오며 이야기를 나누고 있었다. 리스헨이 말했다.

"베르헬렌 이야기 들었어?"

"아니, 내가 사람들 모이는 데는 잘 안 나가잖아."

"정말이래, 오늘 지빌레한테 들었어."

"뭘?"

"개가 두 사람 몫을 먹고 마신대. 배 속에 애를 가진 거지. 어지간히 그 남자한테 죽자 사자 매달리더니, 그 바람둥이한테 넘어간 거야. 그 사람이 개가 제일 예쁘다며 추켜세우고, 맛있는 거 사주면서 알랑거렸잖아. 자기가 정말 예쁜 줄 알고 우쭐

하더니……. 부끄러운 줄도 모르고 그 녀석 선물을 덥석덥석 받더라니까. 둘이 붙어서 핥고 빨고 하더니 기어이 꽃이 떨어지고 만 거야."

"가엾어라."

그러자 리스헨이 반박했다.

"무슨 소리야? 너 지금, 그런 애를 불쌍히 여기는 거니? 우리 같은 애들은 언제나 물레 틀에 매달려 있어야 하잖아. 어머니가 어디 밖에 내보내주기나 하니? 근데 걔는 애인이랑 신나게 지냈잖아. 그러니 이젠 고개도 들지 못하게 된 게 당연하지. 죄인 차림으로 고해나 하는 신세가 돼버린 셈이지."

"그 사람이 걔를 아내로 맞이하면 되잖니?"

"그 사람이 얼간이라면 그러겠지. 날쌘 친구라면 다른 데 가서 다른 여자 고르고 있을 거야. 그렇지 않아도 벌써 도망갔다더라."

리스헨이 자기 집 쪽으로 멀어지자 그레트헨은 집을 향하며 생각했다.

'전엔 딱한 계집애들이 잘못을 저지르면 어떻게 그토록 겁없이 흉을 볼 수 있었을까? 다른 사람들 허물을 두고 어떻게 그리 험하게 입을 놀렸을까? 나는 그렇지 않다고 잘난 체했었지. 그런데 내가 바로 그런 죄인이 되다니! 하지만, 하지만, 비록 내가 이런 신세가 되었어도 아, 정말 행복했어! 정말 사랑에 넘치는 순간들이었어!'

그레트헨은 나날이 괴롭고 고통스러웠다. 그녀는 성벽 한 쪽에 놓여 있는 성모마리아상 앞에서 기도했다.

아, 수많은 고통을 겪으신
성모마리아시여,
곤경에 처한 저를 굽어살펴주십시오!

칼로 에는 듯한
아픔을 가슴에 품고서
아드님의 죽음을 바라보시는 성모마리아시여!

제 온몸을 파고드는
이 괴로움을 그 누가 느끼겠습니까?
제 가련한 마음이 두려움에 떨며
간절히 바라는 것을

오직 당신만이 아십니다.

어디를 가나
여기 제 가슴속은
쓰리고 또 쓰리답니다.
저 혼자 있으면,
아, 울고 울고 또 울어서
가슴이 갈가리 찢어집니다.

도와주십시오! 치욕과 죽음에서 저를 구해주십시오!
아, 수많은 고통을 겪으신 성모마리아시여,
제가 처한 이 곤경을 자비로이 굽어살펴주십시오!

밤

한밤중이었다. 군인 복장을 한 젊은이 한 명이 그레트헨 집 앞 거리에 나타났다. 바로 그녀의 오빠 발렌틴이었다. 그는 분노에 몸을 떨며 집을 향하고 있었다.

'아, 나는 여동생을 얼마나 자랑스러워했던가! 우리 여동생 발끝에라도 미칠 만한 애가 있으면 나와보라고 얼마나 우쭐댔

던가! 그런데 이게 도대체 무슨 일이란 말인가! 온갖 건달들이 빈정거리고 욕하는 소리를 들어야 하다니! 그놈들을 모조리 박살 내고 싶지만 그놈들 말이 사실인 걸 어째! 내 이것을 당장!'

그때였다. 그의 눈앞에 두 사내가 살금살금 다가오는 것이 보였다. 바로 파우스트와 메피스토펠레스였다. 발렌틴은 몸을 부르르 떨었다.

'그래 그 두 놈이 분명해. 그놈들이라면 당장 멱살을 잡아 본 때를 보여주겠어. 산 채로 돌려보내지 않을 거다!'

그들은 그레트헨을 만나러 가는 길이었다. 메피스토펠레스는 악기를 연주하며 노래를 했다. 그때 발렌틴이 앞으로 나서며 메피스토펠레스에게 달려들어 그의 악기를 박살 냈다.

"이제 네놈들의 머리통을 박살 낼 차례다!"

그는 외치며 둘에게 달려들었다. 그러자 메피스토펠레스가 파우스트에게 말했다.

"자, 박사 양반, 피하지 마시오. 어서 덤벼요. 내가 도와줄 테니 이쪽에 바싹 붙어요. 칼을 뽑으시오. 어서 찌르라니까! 내가 다 막아줄 테니!"

파우스트는 얼떨결에 칼을 뽑아 들었다. 발렌틴이 두세 차례 그들을 향해 칼을 휘둘렀지만 메피스토펠레스가 다 막아냈다.

발렌틴이 갑자기 휘청거리며 말했다.

"이놈이 악마인가 보구나! 왜 이렇게 갑자기 손에서 힘이 빠져버리지?"

메피스토펠레스가 파우스트에게 어서 찌르라며 그를 앞으로 밀어냈다. 얼떨결에 파우스트의 칼이 발렌틴이 가슴을 찔렀다. 발렌틴은 "아, 분하다!"라고 외치며 그 자리에 쓰러졌다. 메피스토펠레스는 멍하니 서 있는 파우스트를 데리고 재빨리 사라졌다.

소란 소리에 사람들이 밖으로 나왔다. 마르테도 등불을 들고 밖으로 나왔다. 그레트헨이 집 밖으로 나오며 물었다.

"저기 쓰러져 있는 사람이 누군가요?"

사람들이 대답했다.

"네 오빠야!"

그녀는 소스라치게 놀라 오빠 곁으로 달려갔다. 그녀를 보자 발렌틴이 말했다.

"나는 죽는다. 죽는다는 말은 쉽지. 나는 그 말보다 더 쉽게 죽는다."

사람들이 모두 발렌틴을 에워쌌다. 그러자 그가 그레트헨을 향해 말했다.

파우스트, 그레트헨과 영원히 이별하다

"자, 봐라! 너는 아직 어리고 세상 물정 아무것도 모른다. 그래서 일을 저지르고 말았어. 그레트헨, 솔직하게 터놓고 말하면, 너는 이제 화냥년이다! 부인할 수 없는 사실이야!"

"오라버니, 그게 대체 무슨 말이에요? 오, 하느님!"

"더는 하느님 아버지 이름을 입에 올리지 마라. 원통해도 이미 엎질러진 물이다. 앞으로 어찌 될지 뻔하다. 네가 한 놈을 남몰래 만나기 시작했으니 금방 여러 놈이 달려들겠지. 한 묶음 되는 놈들이 달려들면 너는 온 동네 노리갯감이 되겠지. 그러다 죄의 씨앗이라도 갖게 되면 남몰래 낳겠지. 어둠의 베일로 푹 싸고 싶어질 거다. 아니, 차라리 죽이고 싶어지겠지. 그 애가 자라면 대낮에 버젓이 다니겠지만 죄의 씨앗이 오죽할까? 흉악한 몰골이겠지.

이, 창녀야, 너는 돌림병에 걸려 시체 꼴이 될 거다! 모든 사람이 너를 피하겠지. 그 모습이 눈에 선하다. 너는 교회에도 가지 못할 거야. 예쁜 옷을 입고 춤도 추지 못할 거야. 어두침침한 곳에서 거지들, 불구자들과 함께 지내게 되겠지. 나중에 하느님께 용서를 받을지 모르지만 이 지상에서는 저주에서 벗어나지 못할 거야!"

그가 힘들게 말을 마치자 마르테가 나서며 말했다.

"당신 영혼에 자비를 베풀어주시라고 하느님께 기도나 드려요. 남을 험담하면서 죄를 더 지을 셈이에요?"

그러자 발렌틴이 마지막 힘을 내서 그녀에게 욕을 했다.

"이 뻔뻔스러운 뚜쟁이 여편네야! 네년의 말라빠진 몸뚱어리를 요절내고 싶구나. 그래야 내 모든 죄가 용서받을 수 있을 거야!"

그레트헨이 눈물 흘리는 것을 본 발렌틴은 다시 그녀에게 말했다.

"당장 눈물을 거둬. 너는 정절을 버리면서 내 가슴 깊이 비수를 꽂았다. 나는 잠들 듯 평온하게 하느님에게 간다. 병사로서 용감하게."

그는 숨을 거두었다.

감옥

그 자리를 떠난 메피스토펠레스는 파우스트를 마녀들이 모여 잔치를 열고 있는 하르츠 산맥으로 데려갔다. 마녀들은 매년 4월의 마지막 날 밤 그곳에 모여 밤새 광란을 벌였다. 사람들은 그 잔치를 '발푸르기스의 밤'이라고 불렀다. 파우스트는 메피스토펠레스에 이끌려 광란이 벌어지고 있는 곳, 구석구석을 돌아본 후 다음 날 다시 마을로 돌아왔다.

마을로 돌아온 파우스트는 경악했다. 그레트헨이 어머니와 아이를 죽인 죄로 감옥에 갇힌 것이 아닌가! 그는 마을 입구 벌판에서 절망과 분노에 휩싸여 메피스토펠레스에게 외쳤다.

"이 배반자야! 비열한 자야! 어째서 내게 그것을 감추었단 말이냐! 게 서지 못하겠느냐! 그 역겨운 사탄의 얼굴로 내게 당당히 맞서라! 아, 이 노릇을 어찌하란 말이냐? 그 딱한 처녀를 어찌하란 말이냐? 무서운 정령들에 둘러싸여 괴로움에 시달리는 그녀를! 무정한 재판관의 손아귀에 놓여 있는 그녀를! 그런데 너는 그동안 나를 그런 상스러운 곳으로 데려가서 재미없는 구경에 빠지게 했단 말이냐? 그녀가 당하는 고통을 내게 숨겼단 말이냐? 그녀가 파멸의 구렁텅이에 빠지도록 내버려두었단 말이냐!"

"어디 내가 그런 짓 한 게 한두 번인가?"

"이런 개 같은 놈! 추악한 괴물! 대지의 정령이여, 이놈을 다시 개 모양으로 만들어주십시오. 내 실컷 짓밟아줄 수 있게! 뭐? 한두 번이 아니라고? 한 여인이 당하고 있는 비참한 처지만 생각해도 오장육부가 갈기갈기 찢어지는 것 같은데, 네놈은 수없이 많은 사람의 운명을 비참하게 만들어놓고 그 앞에서 히

죽거리기만 해?"

"아니, 왜 이러실까? 그렇게 버티지도 못할 걸 왜 우리 사탄과 어울릴까? 어지럽지 않을까 겁내면서도 위로 날아오르려 할까? 도대체 우리가 선생에게 치근대는 거요, 아니면 선생이 우리에게 달라붙은 거요?"

"그 탐욕스러운 이빨로 으르렁거리지 마라! 구역질 난다! 어쨌든 그녀를 구해라! 아니면 네놈을 가만두지 않을 테다. 두고두고 네놈에게 저주를 퍼붓겠다."

"마음대로 하시구려. 나는 사슬을 풀 수도 없고 자물쇠를 열 수도 없으니. 그녀를 구하라고? 그래 그녀를 파멸의 구렁텅이에 몰아낸 게 누구였소? 나였소, 선생이었소?"

"아무튼 나를 그곳으로 데려가라. 그녀를 구해야 한다."

"선생이 위험에 처할 텐데 괜찮겠소? 선생은 살인을 한 몸인데."

"잔소리 말고 나를 그곳으로 데려가라. 어서 그녀를 구해라."

"정 그렇다면 그렇게 하리다. 하지만 내가 할 수 있는 일은 별것 없소. 내가 간수의 정신을 몽롱하게 할 테니 선생이 열쇠를 빼앗아 그녀를 구하시오. 내가 망을 보리다. 마법의 말을 대기해 두었다가 당신들 두 사람을 멀리 데려가겠소. 그 정도는 내가 할 수 있소이다."

"자, 어서 가자."

파우스트는 메피스토펠레스가 간수를 재운 사이 열쇠꾸러미를 몰래 빼냈다. 그는 그레트헨이 갇혀 있는 감방 앞에 섰다. 그는 자물쇠를 연 후 안으로 들어갔다. 인기척을 느낀 그레트헨은 떨면서 침상 위에 몸을 숨겼다. 사형집행인이 온 줄 안 것이다.

파우스트가 소리죽여 말했다.

"쉿, 조용, 조용히 하시오. 내가 당신을 구하러 왔소."

그녀는 아직 그의 목소리를 알아보지 못했다. 파우스트가 그녀를 묶은 쇠사슬을 잡고 고리를 풀려 하자 그녀가 무릎을 꿇고 말했다.

"아, 간수님, 왜 이 한밤중에 날 데리러 오시나요? 내일 새벽에도 충분하지 않나요? 아, 이렇게 젊디젊은데 벌써 죽어야 한다니! 난 한때 아름다웠어. 그게 화근이 될 줄이야."

그녀는 몸을 일으켰다.

"자, 이제 내 목숨은 당신에게 달렸어요. 먼저 아이에게 젖을 먹이게 해주세요. 저들이 내게서 아이를 빼앗아 가고는 내가 죽였다는 거예요. 나한테 기쁜 일은 앞으로 없을 거예요. 그러니 제발 저를 부드럽게 대해주세요."

파우스트가 너무 애처로워 바닥에 몸을 던지며 말했다.

"나요. 당신 사랑이 이렇게 당신 발아래 있소. 당신을 이 비참한 곳에서 구해주려고 왔소."

그러자 그녀가 무릎을 꿇고 말했다.

"자, 우리 모두 무릎 꿇고 성자들께 빌어요. 보세요, 이 계단 아래, 그리고 저 문지방 아래 지옥이 부글부글 끓고 있어요. 악마가 분노에 사로잡혀 무시무시한 소리를 내고 있어요."

파우스트가 큰 소리로 그녀의 이름을 불렀다. 그러자 그녀가 벌떡 일어났다. 파우스트가 이미 쇠사슬을 풀었기에 쇠사슬이 떨어져 나갔다.

"그이 목소리야! 분명 그이가 그레트헨이라고 불렀어."

그녀가 파우스트의 얼굴을 알아보았다.

"아, 정말 당신이군요. 오, 그이가 왔어! 당신이군요! 나를 구하러 왔군요! 아, 당신을 처음 만났던 길거리가 보여요. 당신을 기다리던 예쁜 정원도 보여요."

파우스트는 그녀를 잡아끌며 어서 따라오라고 재촉했다. 그녀는 "당신 곁에 함께 있고 싶어요"라고 말하며 그를 쓰다듬었다.

파우스트는 서두르지 않으면 큰일 난다며 그녀를 계속 재촉했다.

하지만 그녀는 아련히 꿈에 젖은 표정을 할 뿐이었다.

"왜요? 왜 이렇게 서두르시나요? 당신은 이제 입 맞출 수 없나요? 아, 내가 당신 목에 매달려 있는데 왜 이리 내 마음이 불안한 거지요? 전에는 당신의 말, 당신의 눈빛이 천상에서 내려오는 것 같았는데. 아, 입 맞춰줘요."

그녀는 파우스트를 껴안으며 입을 맞추었다.

"어머, 당신 입술이 왜 이렇게 차가워요? 왜 벙어리가 되셨지요? 당신의 사랑은 어디 갔지요? 누가 빼앗아갔지요?"

"자, 갑시다. 나를 따라와요. 자, 힘을 내요, 나중에 수천 번도 더 안아줄 테니. 제발 부탁이니 나를 따라와요."

순간 그레트헨이 그에게서 몸을 돌리며 말했다.

"정말 당신이 맞나요? 나를 사슬에서 풀어주시고 다시 나를 품에 안아주시는군요. 당신은 왜 나를 피하지 않지요? 당신이 지금 어떤 사람을 구해주려 하는지 알고나 있나요?"

"갑시다. 서둘러야 해요. 벌써 날이 새고 있소."

"나는 날 낳아주신 어머니를 죽였고, 내 아기를 물에 빠뜨려 죽였어요. 그 아기는 당신하고 내가 받은 선물이 아닌가요? 당신의 다정한 손, 그 손을 이리 주세요. 어머나, 손이 축축하잖아요. 피가 묻은 것 같아요. 맙소사, 무슨 일을 저지르신 거예요? 제발 그 칼을 도로 넣어주세요, 제발."

"지나간 일은 묻어둡시다. 그런 말을 들으면 나도 죽고 싶은 심정이오."

"아녜요, 당신은 살아남아야 해요. 당신은 우리 어머니와 오라버니, 그리고 우리 아기를 제일 좋은 자리에 묻어야 해요. 나는 아기 옆에 묻어주세요."

"그러지 말고 갑시다."

"어디로요? 저 밖으로요? 저 밖에 무덤이 기다린다면, 죽음이 기다린다면, 그래요, 갈게요. 영원한 안식처를 찾아 나갈게요. 하지만 난 이곳을 떠날 수 없어요. 양심의 가책까지 느껴가며 낯선 곳을 떠도는 건 너무 비참해요. 사람들에게 용서를 구걸하는 건 너무 비참해요. 게다가 결국은 붙잡히고 말 거예요."

그레트헨에게는 아기와 어머니의 환영이 보였다. 그녀는 꿈에 잠긴 표정으로 아기와 어머니를 불렀다. 마음이 급해진 파우스트가 그녀를 안고 나가려 했다.

"아, 내 사랑! 날이 밝아오고 있소!"

"날이 밝아온다고요? 그래요, 날이 밝아와요! 최후의 날이 다가오고 있어요. 오늘은 내 혼인날! 우리는 다시 만날 거예요.

아, 사람들이 몰려오고 있어요, 사람들이 모두 나를 둘러싸고 있어요. 사형선고가 내렸어요. 날 꽁꽁 묶고 있어요. 벌써 교수 대까지 끌려왔어요. 아, 내 목에 칼날이! 세상이 무덤 같아요!"

파우스트가 탄식했다.

"아, 차라리 내가 이 세상에 태어나지 않았더라면 좋았을 것을!"

그때 메피스토펠레스가 감옥 문밖에 나타나며 말했다.

"어서 나오시오. 그러지 않으면 둘 다 끝장이오. 뭘 그리 꾸물꾸물 하고 있는 거요? 말들이 재촉하고 있소. 동이 트고 있단 말이오."

그러자 그레트헨이 말했다.

"지하에서 뭐가 솟아난 거지요? 그자예요, 그자! 어서 멀리 쫓아버리세요. 저자가 왜 이런 성스러운 곳에 나타났지요? 날 잡아가려나 봐요. 오, 하느님, 저를 심판해주십시오! 저를 당신 손에 맡깁니다."

메피스토펠레스가 어서 나오라고, 그렇지 않으면 파우스트도 두고 갈 수밖에 없다고 재촉했다. 그러자 그레트헨이 다시 말했다.

"하느님 아버지! 저는 당신의 것입니다. 저를 구해주십시오!

천사들이시여! 성스러운 무리들이시여! 나를 둘러싸고 나를 지켜주십시오! 하인리히! 난 당신이 무서워요."

메피스토펠레스가 말했다.

"저 여자는 심판받았다."

그때 하늘 위에서 소리가 들렸다.

"그녀는 구원받았다!"

메피스토펠레스가 파우스트에게 따라오라고 말하자 둘은 밖으로 사라졌다.

"하인리히, 하인리히!"

그를 부르는 그레트헨의 목소리, 점점 스러져가는 그 목소리만이 들려올 뿐이었다.

파우스트, 그레트헨과 영원히 이별하다

제
2
부

제1막

아름다운 알프스 들판

파우스트는 알프스의 들판에 누워 잠에 빠져 있었다. 죄의 무게에 눌려 길고도 깊은 잠을 자고 난 후 그는 새로운 기운을 얻어 힘차게 노래했다.

생명의 맥박 활기차게 고동치며
새벽 여명을 부드럽게 반기는구나.
대지여, 그대는 지난밤에도 변함없더니
이제 새로운 원기를 얻어 내 발밑에서 숨 쉬고
기쁘게 나를 감싸기 시작하는구나.
지고의 존재를 향해 끊임없이 나아가라고

나를 자극하고 떠미는구나.

이 푸르른 알프스 초원이

새로운 빛을 받아 선명하게 빛나니

빛이 한 걸음씩 서서히 내려오고

저 태양이 자태를 드러내는구나.

태양이여, 내 등 뒤에 머물러라!

바위를 후려치는 폭포수를 바라보고 있노라니

내 마음 환희에 넘치는구나.

수만 개 흐름으로 쏟아져 내려

허공 높이 수많은 물거품을 내뿜는구나.

물보라에 어리는 저 오색영롱한 무지개,

얼마나 아름다운가!

우리는 알게 되리라, 그 오색영롱한 형상에

바로 우리의 삶이 담겨 있음을!

황제의 궁성

파우스트가 길고도 긴 잠에서 깨어나 기운을 회복하자 메피스토펠레스는 그를 궁성으로 안내했다. 궁성에 도착하자 메피스토펠레스는 파우스트를 남겨둔 채 어릿광대 옷차림을 하고 홀로 궁전으로 들어갔다. 궁전 옥좌에는 황제가 앉아 있었고 대신들이 도열해 있었다. 메피스토펠레스는 옥좌 앞에 무릎을 꿇고 말했다.

"저주받으면서도 항상 환영받는 것이 무엇입니까? 외주었으면 하면서도 항상 쫓겨나는 게 무엇입니까? 언제나 보호받는 것은 무엇입니까? 지독하게 욕먹고 고발당하는 것은 누구입니까?"

그러자 황제가 말했다.

"지금 그런 말을 지껄일 때가 아니다. 여기는 수수께끼 놀이를 하는 곳이 아니야. 그 질문에 대한 정답은 네가 나중에 말해 주도록 해. 마침 짐의 어릿광대가 어디론가 사라졌으니 네가 뒤를 이어받아라."

메피스토펠레스는 계단을 올라가 황제 왼편에 섰다. 황제 오른편에는 점성술사가 서 있었다.

황제가 대신들을 향해 말했다.

"경들을 오랜만에 보니 정말 반갑구나. 그런데 성대한 가장 무도회를 열어 신나게 즐기려는 마당에 무엇 때문에 이런 귀찮은 회의를 열자고 한 것인가? 무엇 때문에 이런 사서 고생을 하려는 것인지 말하라. 기왕지사 모였으니 어서 말해보라.”

재상이 제일 먼저 앞으로 나서며 말했다.

“지고의 성덕이 폐하를 에워싸고 있습니다. 오직 폐하만이 그 성덕을 널리 베풀 수 있습니다. 정의, 그 정의를 만백성에게 베푸는 것은 오로지 폐하께 달려 있습니다.

하오나 나라 안이 온통 열병에 걸린 듯 발칵 뒤집혀 있습니다. 악이 악을 낳고 있으니 그 어떤 노력도 소용이 없습니다. 온갖 흉악한 것들이 설쳐대고 불법이 합법이 되어 나라를 지배하여 온통 잘못 돌아가고 있습니다. 마치 악몽을 꾸는 것 같습니다. 도둑질을 한 자가 털끝 하나 다치는 일 없이 잘 지내며, 재판관은 푹신한 의자에 앉아 으스대고만 있습니다. 이러다가는 백성들이 폭동을 일으키고 말 것입니다.

선량한 사람의 마음이 아첨꾼이나 매수꾼에게 기울고 재판관이 범죄자와 한편이 되고 있습니다. 이렇듯 온 나라가 산산조각 나고 질서를 지키는 자가 비웃음을 사는 세상이 되었으니 그 누구도 정의로운 길을 갈 수 없게 되었습니다.

폐하, 이제는 용단을 내리셔야 합니다. 모두가 가해자이면서 피해자가 되어, 모든 게 뒤죽박죽이 되어버린다면 폐하의 위엄도 지키기 어려워질 것입니다.”

제1막

재상이 말을 마치고 물러나자 이번에는 병무 대신이 나서서 말했다.

"폐하, 이 험난한 시대에 민심이 참으로 흉흉하옵니다. 모두 치고받고 싸우는 통에 아무리 호령을 해도 귀에 들리지도 않는 형편입니다. 시민과 기사들은 끼리끼리 작당하여 우리에게 맞서기로 작정하고 버티고 있으며 용병들은 급여를 달라고 아우성입니다. 밀린 급여를 주면 달아나버릴 것이고 급여를 주지 않으면 벌집 쑤셔놓은 꼴이 되어버릴 것입니다. 지금까지 이런 식으로 그냥 내버려둔 탓에 나라 절반이 이미 결딴났습니다. 변방의 제후들도 남의 일 보듯 할 뿐입니다."

이번에는 재무 대신이 나섰다.

"이제 믿을 동맹국 하나 없습니다. 우리에게 약속했던 원조금은 수돗물 끊기듯 끊기고 말았습니다. 게다가 폐하, 이 넓은 나라 국토가 누구 소유로 넘어갔는지 아십니까? 가는 곳마다 이방에서 들어온 놈들이 살림을 차린 후, 간섭받지 않고 제멋대로 살고 있습니다. 우리는 그저 놈들이 하는 짓을 보고 있을 수밖에 없습니다. 이미 너무 많은 권리를 내주었기 때문입니다. 정당인지 뭔지 하는 것들도 믿을 수 없습니다. 제 몸 챙기는 데만 여념이 없습니다. 저마다 제 몫만 긁어모으는 통에 국고가

텅텅 비었습니다."

마지막으로 궁내부 대신이 나섰다.

"폐하, 소신 역시 큰 곤경에 처해 있습니다! 허리띠를 졸라매는데도 매일 지출은 늘어가기만 하니 도무지 어찌할 바를 모르겠습니다. 요리사들이야 걱정할 게 없습니다. 멧돼지, 사슴, 토끼, 노루, 칠면조, 닭, 거위, 오리 등 현물세와 공물은 적잖이 들어오고 있으니까요. 하지만 포도주가 부족합니다. 전에는 최고 포도주들이 지하 창고에 그득그득 쌓여 있었으나 높으신 분들이 마구 퍼마시는 바람에 이제 그만 동이 나고 말았습니다. 어디서 돈을 마련해서 포도주를 구해야 할지 난감합니다. 조세 수입을 담보로 유대인들에게 돈을 빌려 썼는데 일 년 예산을 앞당겨 먹고 마시는 꼴입니다. 돼지들은 통통하게 살이 찔 틈이 없으며, 침대 이부자리도 저당 잡혀 있는 실정입니다. 외상으로 식탁에 빵을 올려야 할 지경이옵니다."

보고를 들은 황제는 잠시 생각에 잠겼다. 그러더니 느닷없이 메피스토펠레스에게 물었다.

"이봐라, 어릿광대, 너 같은 놈에게도 무슨 어려운 일이 있느냐?"

"저요? 저는 그런 거 전혀 모릅니다. 저는 다만 폐하와 조정 대신들의 광휘를 우러러볼 뿐입니다. 이 세상에 뭐라도 부족하지 않은 곳이 어디 있겠습니까? 여기선 이게 없고 저기선 저게 없기 마련이지요. 근데 이 나라에는 돈이 부족하군요. 돈을 바닥에서 긁어모을 수는 없지요. 하지만 지혜를 발휘하면 저 깊은 곳에서 파낼 수가 있습니다. 산중 광맥에서, 성벽 밑에서 금화든 황금이든 캐낼 수 있습니다. 누가 그걸 캐낼 수 있냐고요? 재능 있는 사나이의 본능과 염력(念力)입니다."

그러자 재상이 나서서 무슨 기독교 정신에 어긋나는 이야기를 하고 있느냐, 어디서 사악한 자를 신성한 제국에 끌어들이려 하느냐며 메피스토펠레스를 꾸짖었다. 그러자 황제가 손을 저으며 말했다.

"우리의 재정적 어려움은 말로 해결되는 것이 아니니라. 나는 이러쿵저러쿵 따지는 말에는 진절머리가 난다. 그래, 돈이 부족하단 말이지? 그러면 돈을 마련하라."

대신들 사이에서 웅성웅성 소란이 일었다. 재상은 계속 사탄이 올가미를 던진다며 반대했고, 궁내부 대신과 병무 대신은 재정적 어려움에서 벗어날 수 있다면 조금 부정한 짓이야 저지를 수 있는 것 아니냐고 말했다.

그러자 메피스토펠레스가 나서서 말했다.

"여기 계신 분들은 엄청난 보물을 발견할 수 있다는 제 말을 곧이듣지 않으시는군요. 내가 지금 당장 여러분 발밑의 보물을 찾아드릴까요?"

모두 웅성웅성하자 황제가 손을 들며 메피스토펠레스에게 말했다.

"어디 빨리 네가 말한 대로 해보아라! 너는 여기서 빠져나가지 못하리라. 네놈의 호언이 사실인지 증명하라. 보물이 묻힌 곳을 즉각 우리에게 알려라. 네 말이 사실이라면 내 이 검도, 홀도 내려놓고 친히 두 손으로 그 일을 해내리라. 만약 거짓이라면 너를 지옥에 보낼 것이다. 자, 당장 시작하도록 하라. 도대체 얼마나 걸릴 것인가?"

"폐하, 잠시 고정하시고 먼저 즐거운 놀이를 마음껏 즐기십시오! 산만한 마음으로는 목적을 이루기 어려운 법입니다. 먼저 마음을 가다듬고 신의 마음을 달래야 합니다. 착한 것을 원하는 자는 스스로 착해져야 하고, 기쁨을 원하는 자는 우선 자신의 혈기를 다스려야 합니다. 포도주를 원하는 자는 잘 익은 포도를 따야 하고, 기적을 원하는 자는 우선 믿음을 굳건히 해야 합니다."

"좋다, 그렇다면 우선 즐거운 시간을 보내도록 하라. 더욱 요란하고 유쾌하게 사육제를 즐기도록 하라."

황제는 명을 마치고 자리를 떴다.

유원지에서

밤새 흥겨운 사육제가 벌어졌다. 그중 핵심은 가장무도회였으며 파우스트는 메피스토펠레스의 권고로 총연출을 맡았다. 가장무도회는 세상이 모두 화염에 휩싸였다가 마법의 힘으로 그 불을 끄는 것으로 끝이 났다. 황제도 그 무도회를 함께 즐겼다.

축제 다음 날 사육제가 벌어진 근처 유원지에서 황제가 대신들을 소집했다. 파우스트와 메피스토펠레스는 점잖은 옷차림으로 함께 황제 앞에 무릎을 꿇고 앉았다. 가장무도회 총연출을 맡았던 파우스트가 먼저 입을 열었다.

"폐하, 어제의 그 어리석은 불꽃놀이를 부디 용서해주십시오!"

황제가 일어나라고 손짓하며 말했다.

"짐은 전부터 그런 장난을 해보고 싶었다. 갑자기 불길이 뜨겁게 타오르는 곳에 있으니 저승의 신이라도 된 기분이었어. 멀리 굽이치는 불기둥 사이로 백성들이 길게 줄지어 움직이는 것이 보였다. 그들이 멀리서 몰려와 내게 충성을 맹세하는 것을 보았다. 내가 불도마뱀의 왕이 된 기분이었지."

메피스토펠레스는 기회를 놓치지 않고 황제를 잔뜩 추켜세웠다. 이제 불의 권위를 시험해보았으니 물의 권위를 시험해보라는 둥, 그런 후 올림포스로 궁중을 옮기라는 둥, 길게 변설을 늘어놓았다. 황제가 흡족해하며 심심할 때면 언제고 부를 테니 대기하고 있다가 즐거운 이야기를 들려달라고 했다.

황제의 이야기가 끝났을 때였다. 궁내부 대신이 앞으로 나서며 말했다.

"폐하, 제 생전에 이렇게 큰 행운을 아뢰게 될 줄은 정말 몰랐습니다. 정말 기쁘고 감격스러울 뿐입니다. 부채란 부채는 모조리 해결되었습니다. 지옥 같은 고생에서 벗어나고 보니 천국이 따로 없는 것만 같습니다."

궁내부 대신을 필두로 하여 대신들이 줄줄이 나서서 황제에게 아뢰었다.

병무 대신이 나섰다.

"병사들 급료를 일부 지급했고 용병들과 새 계약을 했습니다. 용병들 사기가 충천하옵니다. 술집 주인들과 작부들도 신이 났습니다."

이번에는 재무 대신 차례였다. 그는 파우스트와 메피스토펠레스를 손가락으로 가리켰다.

"저 두 사람에게 어떻게 된 일인지 소상히 물어보시기 바랍니다."

그러자 파우스트가 앞으로 나서며 말했다.

"폐하, 재상께서 직접 말씀드리는 게 나을 것 같습니다."

그러자 재상이 천천히 앞으로 나서며 말했다.

"폐하, 오래 살다 보니 이렇게 기쁜 날도 있습니다. 모든 화를 복으로 바꾸어놓은 이 위대한 문서를 한번 보십시오. 제가 읽어드리겠습니다.

"'알고자 하는 자들에게 널리 알린다. 이 종이는 1,000냥의 가치가 있다. 나라 안에 무진장 매장되어 있는 보물들이 그 보증이 될 것이다. 그 보물들을 곧 발굴하여 이 어음과 바꾸어주겠다'"

그러자 황제가 화를 벌컥 내며 말했다.

"이 무슨 사기극이란 말이냐? 누가 짐의 서명을 위조하였느냐? 나는 서명한 적이 없다. 이런 범죄행위를 가만두고 볼 수 없다."

그러자 재무 대신이 나서며 말했다.

"폐하, 기억이 안 나시는지요? 폐하께서 바로 어젯밤에 서명하셨습니다."

"짐이? 언제?"

"어제 무도회에서 폐하께서 위대한 목신(牧神) 판으로 변장하지 않으셨습니까? 그때 재상이 소신과 함께 아뢰지 않았습니까? '이 흥겨운 축제를 빌려, 백성들의 행복을 위해 몇 자 적어주십시오'라고 말씀드리자 폐하께서 직접 적으셨고, 손재주 뛰어난 자들이 밤새 수천 장 복사했습니다. 그리고 소신들이 즉각 거기 도장을 찍었습니다.

보십시오. 그게 백성들에게 얼마나 큰 도움이 되었는지를. 반쯤 죽어 곰팡이 피던 도시가 활기차게 살아나 흥겹게 들썩이고 있습니다. 모두 폐하를 칭송하고 있습니다. 이제 다른 글자는 아무 소용없고 다만 폐하의 어명이 담긴 이 징표만으로 만백성이 행복하게 될 것입니다."

이번에는 궁내부 대신이 나섰다.

"이 발 빠른 것들을 회수하는 것은 이제 불가능합니다. 이미 전국 방방곡곡으로 퍼져 나갔습니다. 은행이 문을 활짝 열고 어음을 금이나 은으로 바꾸어주고 있습니다. 사람들은 금과 은을 들고 푸줏간으로, 빵집으로, 술집으로 달려가고 있습니다. 세상 사람 절반은 신나게 먹고 마실 궁리만 하고 있고, 나머지 절반은 자기 몸을 치장하는 데 정신이 팔렸습니다. 양복점마다 천을 자르고 바느질하느라 바쁘고, 술집마다 '황제 폐하 만세' 라는 환호성이 들끓고 있습니다."

파우스트가 궁내부 대신의 말을 받았다.

"폐하, 엄청난 보물이 폐하의 영토 깊숙이 묻혀서 오로지 때가 오기만을 기다리고 있는 셈입니다. 아무리 위대한 사상이라도 그 풍성함에 비하면 보잘것없으며, 아무리 공상의 날개를 높이 펼쳐도 그에 미치지 못할 것입니다. 오로지 인간의 깊은 통찰력만이 무진장한 것에 대한 무진장한 신뢰를 할 수 있습니다."

이번에는 메피스토펠레스가 나섰다.

"폐하, 이런 전표는 정말 간편합니다. 누구나 자신이 얼마나 지니고 있는지 금방 알 수 있지요. 미리 흥정할 필요도 없이 마음껏 사랑이나 술에 취할 수 있지요. 우리를 비웃던 자들은 부끄러워할 것이며 백성들은 모두 익숙해질 것입니다. 이제 온 나라에 보석, 금, 전표가 풍성하게 넘칠 것입니다."

그러자 황제가 파우스트와 메피스토펠레스를 보고 말했다.

"우리 제국은 그대들 덕에 크게 융성하게 되었다. 이제 그 보답을 내리겠다. 내 그대들에게 제국의 땅속을 맡긴다. 지하의 보물들을 충실하게 관리하도록 하라. 그대들이 그 보물에 대해 정통하니 그대들 뜻에 따라 발굴하도록 할 것이다. 맡은 바 임무를 잘 완수하여 지상 세계와 지하 세계의 진정한 화합을 이루도록 하라."

이어서 황제는 신하들과 시종들에게 즉각 전표를 선물로 내렸다.

어두운 복도

어느 날 파우스트는 메피스토펠레스를 아무도 없는 어두운 복도로 끌고 갔다. 황제가 그를 너무 신임한 나머지 곤란한 요구를 했기에 도움을 청하기 위해서였다.

메피스토펠레스가 짐짓 시치미를 떼고 말했다.

"어째서 나를 이렇게 어두운 곳으로 끌고 오는 것이오? 저 사람들 사이에서 장난치고 사기 치는 것만으로는 모자라단 말이오?"

"그런 말 말게. 자네도 사정을 빤히 잘 알면서. 왜 내 말 안 들으려고 요리조리 피하는가? 궁내부 대신하고 황제의 시종하고 어찌나 몰아세우는지 정말 곤란한 처지에 놓여 있다네. 황제가 지금 당장 최고의 미남 파리스와 최고의 미녀 헬레네를 두 눈으로 봐야겠다고 우기니 이 노릇을 어쩌나? 남녀의 이상형이 어떻게 생겼는지 두 눈으로 확인하고 싶다는 거야. 어서 손을 좀 쓰게나.”

“그러게, 누가 그런 약속 하라고 했소? 스스로 정신 나간 약속을 해놓고 나보고 어쩌라고요?”

“이게 다 자네 잔재주 때문에 벌어진 일이야. 자네도 이렇게까지 될 줄은 몰랐지? 부자로 만들어주니까 이젠 즐겁게 해달라고 난리니.”

“아니, 그런 일이 척척 마음먹은 대로 될 것 같소? 이건 정말 어려운 일이오. 나 참, 도깨비 어음처럼 쉽게 헬레네를 불러올 수 있다고 생각하다니. 마녀나 유령, 혹 달린 난쟁이라면 즉각 대령하리다. 그렇지만 사탄의 애인을 그 절세미인 대신 내세울 수는 없지 않소?”

“또 잔소리로군. 자네는 언제나 이야기를 애매하게 흐리는 데 선수야. 어찌 일을 처리할 때마다 번번이 새로운 대가를 요구하는가? 몇 마디 응얼거리면 착착 해결될 것을. 자, 내가 잠시 주변을 둘러볼 테니 그녀를 대령시키라고.”

“아이고, 난 그런 이교도들은 다룰 줄 모르는데. 그들은 내 담당이 아니라니까. 그들은 자신들만의 지옥에 살고 있단 말이오. 하지만 딱 한 가지 방법이 있긴 있소.”

“그래? 어떤 방법? 어서 말해주게.”

"이런 고매한 비밀은 절대 털어놓고 싶지 않았는데. 그런 여신들은 고독 속에 숭고하게 군림하고 있소. 그들 주변에 시간은 물론이고 공간도 없소. 그 여신들에 관해 이야기한다는 것 자체가 당혹스러운 일이오. 그녀들은 '어머니들'이오."

파우스트는 깜짝 놀랐다.

"어머니들!"

"뭘 그렇게 놀라는 거요?"

"어머니들! 어머니들이라! 참 이상하게 들리는군."

"그렇소. 당연히 이상하지. 당신네 인간들로서는 알 수 없는 존재들이며 우리조차 입에 올리기 꺼리는 존재들이니까. 땅속 깊이 내려가야 그들의 거처에 이를 수 있소."

"거긴 어떻게 갈 수 있지? 길은 있나?"

"길은 없소. 지금까지 그 누구의 발길도 닿지 않았고, 그 누구에게도 허락되지 않았으며 허락될 수 없는 곳이오. 그래도 가겠소? 열어야 할 자물쇠도 없고 빗장도 없이 외로움에 휩싸여 있소. 당신 처량하고 외롭다는 게 어떤 건지나 알고 있소?"

"그런 잔소리 집어치우게. 기껏해야 마녀들의 부엌 비슷한 거겠지. 내가 세상과 교류하면서 가장 크게 느낀 게 바로 공허함 그것인데 외로움을 모르다니. 성가신 세상사를 피해 황야로 피신도 해보았고 결국에는 버림받고 혼자 산 결과 사탄에게 몸을 맡기게 되지 않았나?"

"아무리 고독해도 그 무언가는 보이겠지요. 그러나 이 영원히 고독하고 공허한 곳에서는 아무것도 보지 못할 것이오. 선생 자신의 걸음 소리도 듣지 못하고, 몸을 눕힐 만큼 단단한 곳도 찾지 못할 것이오."

"꼭 무슨 밀교의 사제처럼 말하는군. 자네는 날 공허 속으로 내보내 나의 솜씨와 힘을 키우겠다는 거지? 자, 어서 시작하게나. 난 자네가 말하는 그 공허 속에서 만상을 찾아내고야 말겠어."

"이거 칭찬하지 않을 도리가 없군. 선생도 사탄 다 되셨군. 자, 이 열쇠를 받으시오."

아주 작은 열쇠였다. 메피스토펠레스는 그 열쇠를 파우스트에게 주면서 말했다.

"그 열쇠가 그곳을 정확하게 찾아낼 테니 잘 쫓아가시오. 그러면 어머니들에게 데려가줄 거요. 자, 이제 밑으로 내려가시오. 아니 위로 올라가는 거라고 할 수도 있지. 암튼 더는 존재하지 않는 것을 즐기시오. 구름처럼 얼키설키 휘감는 게 있으면 열쇠를 흔들어 쫓아버리시오."

파우스트는 열쇠를 꼭 쥐었다. 새로운 힘이 솟는 것 같았다.

메피스토펠레스가 마지막으로 주의를 주었다.

"훨훨 타오르는 삼발이 향로가 보이면 밑바닥에 이른 것이오. 향로 불빛에 어머니들이 보일 거요. 그 주위를 온갖 피조물들이 둘러싸고 있지. 어머니들은 당신을 보지 못할 것이오. 그들은 환영만을 볼 수 있기 때문이지. 아주 위험한 일이니 아무 생각 말고 곧장 향로를 향해 돌진하시오. 삼발이 향로에 열쇠를 대시오. 그리고 어머니들이 알아차리기 전에 그 향로를 들고 오시오. 그걸 일단 여기로 가져와서 남녀 주인공을 이곳으로 불러내는 거요. 선생은 그 일을 시도하는 최초의 인간이오. 그 향불에서 피어나는 자욱한 연기가 신으로 변하게 되는 거지."

"그럼 이제 어떻게 해야 하지?"

"밑으로 내려가려고 애쓰시오."

파우스트가 발을 구르자 아래로 가라앉았다.

메피스토펠레스가 중얼거렸다.

"열쇠가 말을 잘 들어야 할 텐데. 살아서 돌아올지 궁금하군."

밝게 불 밝힌 홀, 그리고 연회장

파우스트가 떠난 후 궁내부 대신과 황제의 시종은 유령들을 빨리 보여달라고 메피스토펠레스에게 채근했다. 메피스토펠레스는 연회장으로 모두 모일 것을 요구했다. 그의 요구대로 황제와 대신을 비롯해 모든 사람이 가면무도회가 열렸던 연회장으로 모였다.

사람들이 모두 모이고 황제가 자리에 앉자 의전관이 말했다.

"자, 오늘은 아주 특별한 구경거리가 마련되어 있습니다. 오늘은 살아 있는 자들의 연극을 보는 것이 아니라 유령들을 보게 될 겁니다. 황제 폐하께서는 벽을 마주 보고 좌정하셨습니다. 자, 준비가 다 되었습니다. 유령들아, 어서 나타나거라."

나팔 소리가 울려 퍼지자 점성술사가 외쳤다. 그는 옆에서 속삭이는 메피스토펠레스의 말을 그대로 되뇌고 있었다.

"곧 연극을 시작하라. 황제 폐하의 분부시니, 벽들아 열려라. 이제 더 이상 거칠 것 없는 마법이 기다리고 있다. 양탄자들이 사라지고 성벽들이 갈라진다. 고대의 육중한 신전이 불가사의한 힘을 빌려 여기에 모습을 드러낸다. 세 발 향로가 깊은 구멍 속에서 위로 떠오르니 향불 향기가 코끝을 스치는 것 같구나."

그러자 파우스트가 벽면에 모습을 드러냈다. 그가 열쇠를 삼발이 향로에 댔다. 그러자 자욱한 안개가 피어올랐다. 이윽고 자욱한 안개가 가라앉더니 아름다운 젊은이가 엷은 베일을 가르고 나타났다. 파리스였다.

파리스가 모습을 보이자 그의 아름다운 모습에 연회장의 귀부인들이 탄성을 질렀다. 남자들은 질투심에 그를 헐뜯었다. 심지어 그의 몸에서 향기가 뿜어져 나와 연회장 안에까지 온통 그 향기가 번지는 것 같다고 말하는 부인도 있었다.

이윽고 헬레네가 나타났다.

메피스토펠레스가 말했다.

"바로 저 여자로군. 그렇다면 나는 마음 놓아도 되겠어. 홀릴 염려는 없어. 예쁘긴 하지만 내 취향은 아닌걸."

옆에 있던 점성술사가 말했다.

"정직하게 고백할 수밖에 없습니다. 저는 이제 할 일 다했습니다. 이제 더는 말을 할 수가 없어요. 이런 아름다운 여인 앞에서 어찌 혀를 놀릴 수 있단 말입니까? 넋을 잃는 게 당연하지요. 더욱이 그녀를 자기 여자로 만든 사람은!"

그런데 그녀의 모습을 본 파우스트가 바로 그녀의 아름다움에 눈이 멀고 말았다. 그는 자신도 모르게 찬탄했다.

"오, 내 눈이 아직 온전히 붙어 있는가? 마음 깊은 곳에서 아름다움의 샘이 철철 넘쳐흐르는구나. 내 그간의 고난이 이런 지고의 행운을 가져오기 위한 것이었구나. 아, 나는 지금까지 얼마나 공허 속에 닫혀 있었던가! 이제야 이 세상은 바람직

한 것, 영속하는 것이 되었다. 내가 그대 앞에서 멀어진다면 내 삶의 숨결이 사라지리라! 나의 생동하는 모든 힘, 내 정열의 정수, 애정, 사랑, 숭배, 광기를 모두 그대에게 바치겠다!"

파우스트의 그 모습에 메피스토펠레스가 깜짝 놀랐다. 그는 구멍에 대고 외쳤다.

"정신 똑바로 차려요! 맡은 역할 잊지 말아요!"

파우스트는 파리스와 헬레네에게 다가갔다. 그는 파리스에게 그토록 다정한 헬레네를 보고 시기심이 일었다. 순간 파리스가 헬레네를 번쩍 안아 올렸다. 자기 조국 트로이로 데려가려는 것이었다. 헬레네는 뿌리치지 않았다. 그러자 파우스트가 외쳤다.

"이 뻔뻔한 놈! 그만두지 못해! 감히 어디로 납치하려고! 내 손의 열쇠가 안 보이느냐? 내가 여기 당당히 서 있다. 나는 현실이다. 나는 유령과 싸울 수 있다. 난 그녀를 구하리라. 자, 파우스트, 용기를 내. 어머니들, 어머니들! 내 말을 들어주십시오. 내가 그녀를 알게 된 이상, 절대 놓칠 수 없다."

파우스트는 강제로 헬레네를 붙잡았다. 순간 헬레네의 형체가 흐려졌다. 파우스트는 파리스의 몸에 열쇠를 댔다. 그러자 갑자기 폭발 소리가 들리고 파우스트는 그 자리에 쓰러졌다.

유령들이 연기 속으로 사라지고 파우스트만 남았다.

메피스토펠레스는 파우스트를 어깨에 둘러메고 중얼거렸다.

"이런 제길! 내가 이런 바보 녀석을 떠맡다니. 결국 사탄까지도 피해를 입는다니까."

소란 속에 어둠이 내렸고 메피스토펠레스는 파우스트와 함께 사라졌다.

제2막

실험실

메피스토펠레스는 파우스트를 전에 파우스트가 쓰던 방으로 데려왔다. 메피스토펠레스는 파우스트를 침대에 눕힌 후, 전에 파우스트의 조교였던 바그너의 실험실로 갔다. 그사이 대학자가 된 바그너는 뭔가 열심히 실험을 하고 있었다.

메피스토펠레스가 실험실로 들어오는 것을 본 바그너가 손가락을 입에 대며 낮은 목소리로 말했다.

"어서 오시오. 마침 운명적인 시간에 잘 오셨소. 하지만 말은 삼가고 숨을 죽이시오. 위대한 작업이 성취되는 순간이오."

메피스토펠레스는 소리죽여 말했다.

"도대체 무슨 일이오?"

바그너가 더욱 소리죽여 말했다.

"인간을 만들고 있는 참이오."

"인간이라고? 사랑에 빠진 남녀를 이 연기 자욱한 구멍 속에 넣었단 말이오?"

"원, 천만의 말씀을! 지금까지 유행하던 출산 방식은 순전히 천박한 장난이었음을 엄숙히 선언하는 바요. 생명을 태어나게 하는 그 오묘한 결합? 내부에서 밀고 나오는 그 다정한 힘? 그걸 사랑인가 뭔가라고 부른다지요? 그런 건 이제 의미를 상실했소.

짐승들이야 그걸 계속 즐기겠지요. 하지만 인간은 위대한 재능을 가지고 태어났소. 좀 더 고상하고 순결한 근원에서 태어나야 하오."

바그너는 화로를 들여다보았다.

"여기 빛이 나기 시작하는구나. 아, 희망이 보인다! 수백 가지 재료를 혼합해서 인간의 원질을 빚어내는 겁니다. 무엇보다 혼합이 중요하지요. 그런 다음 그것들을 증류기에 넣고 단단히 밀봉한 다음 적절히 증류하면 조용히 일이 완성되는 겁니다.

자, 보시오. 덩어리가 차츰 또렷이 움직이는구려. 확신이 현실로, 현실로 드러나는 순간이오. 인간이 자연의 신비라고 찬양하던 것! 그것을 인간 이성의 힘으로 이룩하는 순간이란 말이오."

바그너는 플라스크에서 눈을 떼지 않고 계속 말했다.

"그래, 빛을 발하며 위로 올라와 한곳으로 모이는구나. 곧 일이 성사되겠구나. 위대한 계획은 처음에는 미친 짓으로 보이는 법이오. 하지만 우리는 우연이라는 것을 비웃지요. 앞으로 사상가가 뛰어난 능력을 가진 뇌를 만들어내게 될 거요.

오, 여기 작고 귀여운 인간이 사랑스럽게 움직이는구나! 아, 이제 더 무엇을 바랄 것인가! 이 소리에 귀 기울여보시오. 목소리가 들립니다. 말이 들립니다. 나는 저 애를 호문쿨루스라 이름 지었소."

그때 호문쿨루스가 플라스크 안에서 바그너에게 말을 건넸다.

"안녕하세요, 아빠! 농담이 아니었네요. 이리 와서 저를 안아주세요. 하지만 너무 꼭 껴안지는 마세요. 유리가 깨지면 어떡해요. 원래 세상 이치가 그렇잖아요. 저는 사람 손으로 만들어졌으니 넓은 세상으로 나갈 수 없어요. 좁은 공간에 갇혀 있어야 해요."

호문쿨루스가 이번에는 메피스토펠레스를 보고 말했다.

"그런데 장난꾸러기 친척 아저씨, 때맞추어 여기 오셨네요. 고마워요. 아저씨가 지금 여기 오신 건 제겐 정말 행운이에요.

저는 끊임없이 활동해야만 존재할 수 있어요. 당장 일을 하고 싶어요. 아저씨, 아저씨는 솜씨가 좋잖아요. 제게 손쉬운 길을 알려주세요."

메피스토펠레스가 옆문을 가리키며 대답했다.

"그래, 네가 당장 해결해야 할 일이 있지. 어디 네 능력을 보여주어라."

그가 옆문을 열자 침상에 뻗어 있는 파우스트의 모습이 보였다. 그러자 플라스크가 바그너의 손에서 미끄러져 나와 파우스트 위를 떠돌며 밝게 비추었다. 플라스크 안의 호문쿨루스가 깜짝 놀라며 "굉장하네!"라고 탄성을 질렀다. 투시력을 가진 그의 눈에 파우스트의 꿈의 세계가 보인 것이다.

"정말 아름다운 광경이야. 울창한 숲! 맑은 물! 옷을 벗는 여인들! 아, 저기 정말 아름다운 여인이 있네. 아, 스파르타의 왕비 레다로군. 그런데 웬 날갯짓 소리가 들리지? 아가씨들이 모두 겁먹고 도망치네. 왕비만이 태연하게 백조의 왕을 맞아들이네. 백조의 왕이 다정하게 제 무릎에 달려들어 휘감는 것을 여자다운 기쁨으로 받아들이고 있어. 백조의 왕은 이런 일에 익숙한가 봐. 그래, 백조의 왕은 바로 제우스 신이야. 그런데 왜 갑자기 안개가 일지? 더없이 사랑스러운 장면을 왜 덮어버리지?"

그것을 보고 있던 메피스토펠레스가 말했다.

"네 녀석은 못 하는 소리가 없구나. 몸집은 작은데 상상력은 어찌 그리 대단하냐? 내 눈에는 아무것도 보이지 않는데."

"그럴 거예요. 아저씨는 북쪽에서 태어났잖아요. 기사와 성직자들이 설쳐대는 혼탁한 시대에 자랐으니 어떻게 눈이 밝을 수 있겠어요? 아저씨는 오직 어둠 속에서만 편히 지낼 수 있어요.

그런데 이 사람이 깨어나면 골치 아프겠네요. 숲 속의 샘물, 백조, 벌거벗은 미인들, 이런 멋진 꿈을 꾸었는데 어떻게 여기에 익숙해지겠어요? 세상에서 제일 마음 편한 나도 견디기 힘들걸요. 이 사람을 멀리 데려가요. 이 사람 천성에 맞는 곳으로 데려가요. 마침 지금 고전적인 발푸르기스의 밤이 열린다는 생각이 떠올랐어요."

"그래? 난 금시초문인데."

"아저씨는 낭만적인 유령밖에는 모르잖아요. 진짜 유령은 고전적인 유령이라고요."

"고대의 유령들이라……. 맘에는 안 들지만……. 그래 어디로 가야 하지?"

"페네이오스 강이 수풀에 둘러싸인 드넓은 파르살루스 평원을 고요히 흐르는 그리스로 가야지요."

"안 돼! 난 그곳이 지겨워. 더욱이 이교도들의 세계는 내겐 굳건히 닫혀 있어. 거기엔 사탄이 있을 곳이 없어. 거긴 자유롭고 관능적인 놀이들이 사람들을 유혹하는 곳이야. 사람들이 죄를 지으면서도 즐거워하지. 그러니 우리 같이 음울한 사탄은 갈 곳이 못 돼."

"아저씨 왜 이러세요? 지금 문제는 이 사람을 어떻게 낫게 하느냐 하는 거예요. 아저씨가 못 할 거면 제게 맡기세요. 그리고 아저씨, 테살리아의 마녀 이야기도 못 들어보셨어요? 생각이 달라지실 텐데……."

메피스토펠레스가 음탕한 표정을 지으며 말했다.

"테살리아의 마녀라! 좋지! 내가 오랫동안 찾던 여자들이지. 그것들하고 밤마다 같이 지낼 수 있다면, 썩 마음이 내키진 않더라도 한 번쯤 가볼 만하겠어."

"아저씨, 그 외투를 이리 주시겠어요? 이 양반을 좀 싸야 하지 않겠어요? 그 천 쪼가리가 두 분을 날라다줄 거예요. 내가 앞을 밝혀줄게요."

그들이 떠날 준비를 하자 바그너가 불안한 표정으로 말했다.

"나, 나는 어떡하지?"

"아빠, 아빠는 집에 남아 더 중요한 일을 하세요. 낡은 양피지를 펼쳐놓고 생명의 원소들을 규정대로 차례차례 짜 맞추세요. '무엇'보다는 '어떻게'가 더 중요해요. 나는 이 세상을 두루 돌아다니며 스스로 최후의 완성을 이룩하겠어요. 저도 위대한 목적이 있어요. 노력하면 보답이 따라오겠지요. 황금, 영예, 명성, 장수 등이요. 그리고 어쩌면 학문과 덕성을 얻게 될지도 몰라요. 아빠, 잘 계세요."

바그너가 슬픈 표정을 지으며 말했다.

"잘 가거라. 어쩌 너를 다시 못 볼 것 같구나."

메피스토펠레스가 말했다.

"자, 그럼 페네이오스 강가를 향해 힘차게 출발!"

그런 후 그는 혼자 중얼거렸다.

"이 조카 녀석, 우습게 보면 안 되겠는걸. 결국에 인간들은 자신이 만든 피조물들에게 끌려 다니기 마련이야!"

고전적인 발푸르기스의 밤

칠흑 같은 어둠에 휩싸인 파르살루스 평원, 그 으스스한 풍경 한가운데 테살리아의 마녀 에리크토가 서 있었다. 마녀는 하늘에서 웬 불빛들이 반짝이며 날아오는 것을 보고 몸을 피했다.

호문쿨루스가 말했다.

"저길 보세요. 저 앞에 키 큰 여자가 성큼성큼 걷고 있네요."

"겁먹은 것 같은데. 우리가 날아오는 걸 본 모양이야."

"그냥 가게 내버려두지요. 이 기사님이나 얼른 땅에 내려놓아요. 금방 살아날 거예요. 옛이야기의 나라에 살고 싶어 하는 분이니까요."

메피스토펠레스가 파우스트를 땅에 내려놓자마자 그는 눈을 뜨고 말했다.

"그녀는 어디 있지?"

호문쿨루스가 대답했다.

"그걸 우리가 어떻게 알겠어요. 사람들에게 물어보면 알 수 있을 거예요. 날이 새기 전에 서둘러 저 화톳불 가의 사람들에게 물어보세요. 어머니들에게도 갔다 왔는데 더 두려울 게 뭐 있겠어요."

이번에는 메피스토펠레스가 말했다.

"나도 여기서 따로 할 일이 있소. 당신이나 나나 더없이 좋은 기회를 얻은 거요. 각자 돌아다니며 모험을 하기로 합시다. 나중에 우리가 다시 만날 때가 되면, 이보게 꼬마 친구, 자네가 빛을 밝히고 소리를 울리게."

호문쿨루스의 플라스크가 윙윙 소리를 내며 강렬한 빛을 발했다. 그가 말했다.

"이렇게 빛을 번쩍이며 소리를 내겠어요. 자, 새롭고 신비스러운 일을 향해 출발!"

홀로 남은 파우스트는 그리스 대지를 디디며 새로운 힘이 솟는 것을 느꼈다. 그는 헬레네를 찾아 발걸음을 옮겼다.

헬레네를 찾아

메피스토펠레스와 호문쿨루스는 페네이오스 강 상류 쪽을 향해 날아갔다. 파우스트는 무작정 길을 걸었다. 가는 도중에 그는 스핑크스들을 만났다. 그가 스핑크스들에게 물었다.

"여인의 형상을 한 자들아, 말해다오. 너희 가운데 누가 헬레네를 보았느냐?"

그러자 스핑크스들이 함께 소리 맞추어 대답했다.

"우리는 그 시대에 대해서는 알지 못해요. 헤라클레스가 우리의 마지막 후예들을 죽였거든요. 아마 케이론에게 물어보면 알 수 있을 거예요. 그는 헤라클레스의 스승이거든요. 오늘 유령의 밤에 이 주변을 질주한다는데."

파우스트는 페네이오스 강의 하류 쪽으로 걸어갔다. 그곳은 물의 요정들에게 둘러싸여 있었다. 물의 요정들이 파우스트를 둘러싸고 노래했다.

여기 서늘한 곳에
편안히 몸을 누이세요.
지친 팔다리를 쉬게 하세요.
당신을 언제나 요리조리 피해 가는
편안한 휴식을 즐기세요.
우리가 살랑거리는 부드러운 노래를
그대에게 속삭여드릴게요.

파우스트는 황홀감에 젖어 말했다.

"오, 이게 정말 꿈이 아니란 말인가? 더없이 아름다운 저 여인들! 저 여인들의 모습이 내 눈길 닿는 데서 마음껏 놀게 하라. 야릇한 감동이 마음속에 속속들이 스며드는구나! 이게 꿈인가, 추억인가? 이런 행복감을 언젠가 맛본 적이 있었던 것 같구나!"

그는 연구실 방 침대에 누워 꾸었던 꿈의 세계로 다시 빠져들었다.

부드럽게 살랑대는 울창한 수풀 사이로
강물이 유유히 흐르는구나.
젊고 건강한 여인들의 몸이
거울 같은 수면에 비추어
눈을 두 배로 즐겁게 해주는구나!
한데 어울려 멱을 감으며
즐겁게 물싸움을 하는구나.
그런데, 왜 내 마음이 더 멀리 향하지?
고귀한 여왕이 숨어 있지 않을까,
저 눈길 너머를 뚫어져라 살피는구나.

참으로 기이하구나! 백조들이
당당하게, 그리고 순결하게
저쪽에서 헤엄쳐 오는구나.
아, 그중 가슴을 유난히 활짝 편 한 마리,
우쭐대며 무리를 가르고 앞장서는구나.
깃털을 한껏 부풀리고
물결을 크게 일렁이며
성스러운 곳을 향해 나아가는구나.

나머지 백조들은 고요히 깃털을 반짝이며

이리저리 헤엄치며 싸움을 벌여

수줍은 아가씨들의 마음을 끄는구나.

아가씨들, 여왕을 보호하는 임무를 잊고서

오로지 자신의 안전만을 생각하는구나.

그가 꿈속에서 본 아름다운 여인은 스파르타의 왕비 레다였다. 그리고 백조는 제우스 신이었다. 헬레네는 바로 제우스와 레다의 딸이었다.

그때 땅을 울리는 말발굽 소리가 들렸다. 대지의 신 크로노스와 샘물의 요정 필리라 사이에서 태어난 케이론이 달려오고 있었다. 그는 사람 얼굴에 말의 몸을 하고 있었다. 그를 보자 파우스트는 행운이라고 기뻐하며 그를 잠깐 멈추라고 말했다.

케이론이 대답했다.

"나는 쉬어 갈 수가 없네."

"그렇다면 제발 부탁이오! 나를 데려가시오!"

"여기 올라타게. 그래야 이야기를 나눌 수 있지. 어디로 가는 길인가? 강을 건너길 원한다면 데려다줄 수도 있지."

파우스트는 케이론의 등에 올라탔다.

케이론의 등에 올라탄 파우스트는 그를 칭송했다.

"어디든 당신 가고 싶은 대로 가시오. 위대한 신, 고매한 교육자, 영웅들의 상처를 치료해주신 분."

"그런 입에 발린 말 하지 말게. 그런 칭송은 내게 어울리지 않아."

"정말 겸손하시군요. 하지만 당신은 위대한 인물들을 많이 만나보았고, 고결한 사람들의 행동을 배우려 했다는 건 인정하시겠지요? 그런데 위대한 사람 중에서 가장 뛰어난 사람이 누구라고 생각하세요?"

파우스트의 질문에 케이론은 그가 만난 그리스신화 속 영웅들 이야기를 파우스트에게 들려주었다. 그중에서 그가 가장 찬양한 이는 헤라클레스였다.

"나는 군신 아레스나 헤르메스는 보지 못했어. 그러나 헤라클레스만은 내 눈으로 똑똑히 보았지. 그는 타고난 왕이었어. 생김새도 뛰어났고 여인들에게도 더없이 정중했지. 가이아는 두 번 다시 그런 아들을 낳지 못할 것이고, 헤베는 두 번 다시 그런 인물을 하늘로 데려가지 못할 거야. 그 어떤 노래로도 그를 제대로 칭송할 수 없고, 아무리 돌조각을 두드려 그의 모습을 새기려 해도 헛수고일 뿐이지."

그러자 파우스트가 말했다.

"가장 아름다운 남자 이야기를 했으니 이번에는 가장 아름다운 여인 이야기를 해주십시오."

"여자의 아름다움이란 별것 아니네. 자칫 굳어버린 모습이 되기 쉽지. 삶의 기쁨을 즐겁게 선사해주는 여자의 본성만이 찬양할 가치가 있는 법이지. 아름다움은 제 홀로 행복에 젖지만 우아함은 다른 이들을 거역하지 못할 힘으로 사로잡는다네. 내가 태워주었던 헬레네처럼 말이지."

"당신이 그녀를 태워주었단 말입니까?"

"그렇네. 바로 이 등에 태워주었지. 지금 그대처럼 내 갈기를 꼭 잡고 있었어."

파우스트는 정신이 아찔해왔다.

"오, 그녀는 내가 사모하는 유일한 여자랍니다. 그래, 그 여자를 어디서 어디로 태워다주었습니까? 당신은 일찍이 그녀를 보았지만 나는 오늘에야 보았답니다. 더없이 매혹적이었소. 나는 그녀를 애타게 원합니다. 내 마음이 꼼짝없이 사로잡혔으니 그녀를 얻지 못한다면 살아갈 수 없소."

"이보게, 낯선 양반. 그대는 우리 유령들 사이에서는 미친놈으로 보이기 십상이야. 그녀를 어디 내려주었는지는 쉽게 말할 수 있네. 하지만 그녀에게 그대를 데려갈 수는 없어. 하지만 그대는 운이 좋아. 마침 내가 의술의 신 아스클레피오스의 딸 만토에게 들르려는 참이야. 일 년에 한 번씩 만나지. 내가 무녀들 가운데 가장 귀여워하는 아이라네. 그 아이가 당신의 병을 고쳐줄 수 있을 거야."

"나는 병을 고치려는 게 아닙니다. 내 정신은 건강하오. 치료를 받다가는 속물이 되고 말 거요."

"영험한 샘물의 효험을 업신여기지 말게. 자, 이제 다 왔네. 어서 내리게."

"도대체 여기가 어딥니까?"

"로마와 그리스가 맞서 싸우던 곳이네. 오른편에 페네이오스 강을 끼고 있고 왼편에 올림포스 산이 있지. 덧없이 사라진 위대한 나라여! 저 위를 보게! 아주 가까운 곳에 불멸의 신전이 달빛을 받으며 서 있네."

잠을 자던 만토가 케이론의 말발굽 소리에 깨어 그들을 맞았다.

"어서 오세요. 꼭 오실 줄 알았어요."

"너의 신전이 서 있는 한 오고말고."

"그런데 이분은 누구시죠?"

"이 밤에 너에게 데려온 사람이다. 헬레네에게 미쳐서 기어이 자기 사람으로 만들겠다는구나. 하지만 뭘 어떻게 해야 하는지는 모르고 있지. 네 아버지 요법이 효과가 있지 않겠느냐?"

그러자 만토가 명랑하게 말했다.

"저는 그런 불가능한 것을 탐내는 사람이 좋아요. 어서 오세요."

케이론이 멀어져가자 만토가 파우스트에게 말했다.

"들어오세요, 무모하신 분! 좋은 일이 기다리고 있으니. 이 어두운 길이 저승의 여왕 페르세포네에 이르는 길이에요. 그분은 올림포스 산 기슭 동굴에서 금지된 인사말을 은밀하게 들어주고 있어요. 언젠가 음악의 신 오르페우스를 여기로 몰래 들여보낸 적이 있어요. 아내 에우리디케가 죽자 그녀를 찾으러 저승까지 내려간 거지요. 당신은 그분보다 더 잘할 수 있을 거예요. 자, 어서 가요. 기운을 내세요."

둘은 함께 지하로 내려갔다.

메피스토펠레스, 포르키아스의 모습으로 변신하다

한편 메피스토펠레스는 어찌 되었을까? 페네이오스 강 상류 쪽으로 간 뒤 호문쿨루스와 헤어졌다. 서로 목표가 달랐기 때문이었다. 메피스토펠레스는 마녀들과 실컷 놀아보고 싶었다.

하지만 실망할 수밖에 없었다. 새의 몸에 아가씨 머리를 한 세 이렌들이 유혹적으로 아름다운 노래를 불러대고 있었지만 그 요정들은 그의 취향이 아니었다.

그는 툴툴거렸다.

"쳇, 인간은 유혹할 수 있을지 몰라도 나는 아냐."

더욱이 사자 몸에 상반신이 벌거벗은 여자 몸을 하고 있는 스핑크스는 두말할 필요가 없었다. 메피스토펠레스는 사자 몸통에 독수리 얼굴을 한 그리핀, 난쟁이 종족인 피그마이오이, 그들보다 더 작은 닥틸로이들만 눈에 띄자 실망할 수밖에 없었다.

그때 아름다운 여인의 상반신과 뱀의 하반신을 한 라미아들, 당나귀 발을 가지고 있는 요괴 엠푸사들이 나타나 그를 유혹했다. 그가 라미아들 중 하나를 골라잡아 허리를 껴안자 꼭 빗자루를 껴안은 것 같았고, 다른 것을 껴안자 꼭 뱀 같았다. 게다가 이번에는 라미아들이 그를 둘러싸고 공격하려 하는 것이 아닌가! 그리스란 땅은 도통 사탄에게는 어울리지 않는 곳이라고 한탄할 수밖에 없었다.

그때 그의 앞에 포르키아스들이 나타났다. 바다의 신 포르키스 노인과 그의 누이 케토 사이에서 태어난 세 딸이었다. 모두 머리는 백발이었으며 얼굴은 쪼글쪼글한 노파 모습이었다. 세상에 더없이 추한 모습이었다. 그들 셋은 하나의 눈과 하나의 이빨을 서로 돌려가며 사용했다. 아무리 메피스토펠레스였지만 그 요괴들을 보고는 치를 떨 수밖에 없었다.

"정말 가관이군. 인정하긴 싫지만 나도 이런 것들은 처음 본다고 할 수밖에 없군. 세상 그 어떤 죄악도 저들보다 추하지는 않겠다. 저런 것들이 여기 아름다움의 나라에 뿌리를 내리고서, 고전적 요물이란 이름을 달고 있다니."

포르키아스들이 메피스토펠레스의 모습을 알아보자 그가 말했다.

"지엄하신 분들이여, 여러분 가까이 갈 수 있는 영광을 주시오. 나는 이방인이지만 여러분의 먼 친척이 분명하오. 여러분의 자매들도 벌써 만났소. 하지만 여러분 같은 분은 처음이오. 그저 말문이 막히고 기쁠 뿐이오."

포르키아스들이 서로 쳐다보며 말했다.

"제법 정신이 똑바로 박힌 유령이네."

메피스토펠레스가 다시 말했다.

"시인들이 여러분을 칭송하지 않은 게 놀라울 따름이오. 어떻게 그럴 수가! 쓸데없이 헤라, 비너스만 조각해 내고 여러분을 내버려두다니!"

"쓸데없이 우리를 부추기지 말아요. 우리는 밤의 일족이에요. 우리도 우리를 잘 모르는데 남들이 어찌 우리를 잘 알 수 있겠어요."

"내 그래서 하는 말인데, 한 번쯤 자기 몸을 남으로 바꾸는 건 어때요? 그러니까 세 분의 본성을 두 분에게 담고 나머지 하나는 내게 넘기는 겁니다. 여러분 셋은 눈 하나, 이빨 하나로 충분하지요. 그걸 돌려가며 쓰니까요. 신화적으로는 얼마든지 가능할 것 같은데요. 아주 잠시만 그렇게 하는 겁니다."

그러자 포르키아스들끼리 의논했다. 이윽고 결정이 된 듯, 한 포르키아스가 말했다.

"한쪽 눈을 감아요, 아주 간단해요. 이제 송곳니를 드러내면 당신 옆모습은 우리하고 똑같을 거예요."

메피스토펠레스는 금방 옆모습이 포르키아스가 되었다.

그가 말했다.

"자, 나는 이제 혼돈의 사랑스러운 아들이 되었구나! 이거 남들이 남녀 한 몸이라고 부르겠군. 원 창피해서. 이제 사람들 눈을 피해 다녀야겠군. 이런 몰골을 보면 지옥의 사탄도 놀라 자빠지겠어."

제3막

메넬라오스 궁전에서

트로이가 멸망하고 나자 파리스의 아내로 있던 헬레네는 전 남편 메넬라오스가 다스리는 스파르타로 돌아오는 중이었다. 그녀가 트로이에 있을 때 거느리고 있던 시녀들과 함께였다.

헬레네는 조국 해안에 이르자 감개가 무량했다. 남편이 없는 사이 파리스가 자기를 납치한 이후로 얼마나 많은 일이 벌어졌는가? 그녀는 다짐했다.

'이제 왕비의 임무를 성실히 수행하리라!'

하지만 그녀는 자신이 과연 남편의 아내로서 이곳에 온 것인지, 왕비로서 온 것인지, 아니면 전쟁으로 고통을 겪은 그리스인들의 제물로서 온 것인지 알 수 없었다. 자신이 포로일지도 모른다는 생각까지 들었다. 배 안에서 남편 메넬라오스가 눈길 한 번 주지 않았고 위로의 말조차 건네지 않았기 때문이다.

시녀들의 우두머리 판탈리스가 그녀에게 물었다.

"그런데 메넬라오스 왕께서는 왜 함께 오시지 않은 거지요?"

"그분이 내게 먼저 가라고 말씀하셨다. 해변에서 병사들을 사열하고 오신다는구나. 나보고 궁에 들어가 늙은 시녀장과 함께 보물들을 챙기라고 하시더구나. 그리고 세 발 향로와 함께 제사 그릇들을 챙겨놓으라고 하셨어. 칼도 준비하라고 하셨지. 하지만 올림포스 산의 신들에게 바칠 제물이 누구인지는 말씀 안 하셨어."

"왕비님, 그렇게 마음 쓰지 마세요. 트로이가 불탔을 때 우리 는 그 치욕적인 죽음들을 이미 많이 보았어요. 하지만 우리는 신의 은덕으로 찬란한 태양과 이 아름다운 자연을 다시 보게 되었잖아요. 제물이 누군지 마음 쓰시지 않아도 돼요."

"그래, 이왕 이리 된 걸 어쩌겠느냐. 앞으로 무슨 일이 일어 나건 일단은 왕궁으로 가야겠지."

헬레네는 시녀들과 함께 왕궁에 들어갔다. 그때 갑자기 무시 무시한 모습의 여인이 그들 앞에 나타났다. 비쩍 마른 커다란 몸에 움푹 들어간 채 핏발이 선 칙칙한 눈을 한 바다의 요괴 포르키아스였다. 포르키아스는 늙은 시녀장의 복장을 하고 있었다. 메넬라오스가 헬레네에게 말했던 궁정 시녀장 복장이었다.

그 모습을 보고 시녀들이 일제히 비명을 질렀다. 헬레네의 시녀장 판탈리스가 그 모습을 보고 소리쳤다.

"너는 도대체 누구냐? 포르키아스 가운데 하나냐? 그 일족과 왜 이렇게 닮았느냐? 백발로 태어나 눈 하나와 이빨 하나만 있다는 그 괴물이 맞느냐? 너 같은 요괴가 어째서 감히 아름다운 왕비님 앞에 모습을 드러내는 것이냐?"

그러자 포르키아스가 말했다.

"이런 부끄러움도 모르는 것들, 어디서 방자한 입을 놀리느냐! 전쟁이 낳아서 전쟁이 길러놓은 이 새파란 풋내기들아! 병사건 일반 백성이건 가리지 않고 진을 빼먹은 이 색골들아! 포로로 잡혀 온 주제에 무슨 큰소리를 치고 있단 말이냐?"

그러자 헬레네가 포르키아스를 꾸짖었다.

"감히 내 앞에서 내 시녀들에게 욕하느냐? 그들을 칭찬하고 나무라는 것은 주인인 나의 권리인데. 나는 저들이 그동안 보여준 충성심을 고맙게 생각하고 있으니 더는 조롱할 생각 말고 입을 다물어라. 네가 지금까지 안주인인 나 대신 왕실을 잘 건사했다면 기꺼이 칭송받을 것이다. 그렇지 않다면 도리어 벌을 받겠지. 이제 안주인이 돌아왔으니 그만 물러나라."

그러자 포르키아스가 말했다.

"왕비님께서 이제 안주인으로서 옛 자리를 새롭게 차지하셨으니 오랫동안 느슨해진 고삐를 움켜잡으시고 보물과 우리 종복들을 거두어주십시오. 무엇보다 백조처럼 아름다우신 왕비님 곁에서, 털도 제대로 나지 않은 채 꽥꽥거리는 저 거위 같은 무리로부터 이 늙은이를 보호해주십시오."

그러자 판탈리스가 말했다.

"추한 몰골이 아름다우신 분 옆에 서 있으니 정말로 추하기 짝이 없구나."

포르키아스가 지지 않고 대꾸했다.

"어리석은 것들이 현명하신 분 곁에 있으니 더 어리석구나."

이어서 시녀들과 포르키아스 사이에 말다툼이 벌어졌다. 그것을 보고 있던 헬레네가 말했다.

"왜들 그렇게 싸우느냐? 화가 나기보다는 슬프기만 하구나. 왜 고향에 돌아온 내게 마치 저승에 끌려온 것 같은 기분이 들게 한단 말이냐?"

그러자 포르키아스가 말했다.

"왕비님, 뭔가 분부하실 일이 있으신 것 같습니다. 무슨 분부든 어서 내려주십시오."

"너희가 무엄하게 싸우는 통에 잠시 잊었다. 왕께서 명령하신 제물을 바칠 준비를 하라."

"왕비님, 모든 게 다 준비되어 있습니다. 그릇, 삼발이 향로, 날카로운 도끼, 제물에 뿌릴 물, 제물을 그을릴 불, 다 준비되어 있습니다. 이제 무엇을 제물로 바칠 것인지만 말씀해주십시오."

"왕께서 그건 말씀하시지 않으셨다."

"말씀하시지 않았다고요? 이런 딱한 일이 있나!"

"뭐가 그리 딱하단 말이냐?"

"바로 왕비님이 제물이랍니다."

"뭐야? 이 몸이?"

"그리고 왕비님과 함께 온 이것들도 마찬가지이지요. 왕비님께서야 고귀하신 죽음을 맞이하시겠지만 이것들은 높은 대들보에 매달려 발버둥 치게 될 겁니다."

시녀들이 모두 자지러지게 놀랐다. 하지만 그래도 시종장은 침착했다. 그녀가 포르키아스에게 말했다.

"내가 제일 연장자이니 당신하고 이야기를 나누어야겠어요. 제발 호의를 베풀어주세요. 여기서 벗어날 방도를 말씀해주세요."

"그거야 어렵지 않지. 하지만 모든 것은 왕비님께 달려있다."

제3막

141

그러자 헬레네가 나서서 말했다.

"내 비록 고통스럽기는 해도 두렵지는 않다. 그러나 겁에 질린 이 아이들을 생각해서 묻는다. 자, 어떤 방법이 있느냐? 어서 말하라."

겁에 질려 있는 시녀들이 모두 포르키아스의 입을 응시했다.

"그렇다면 말씀드리지요. 메넬라오스 왕께서는 이 바다 저 바다 휩쓸고 다니시며 약탈을 일삼으셨지요. 해안이든 섬이든 가리지 않고 모조리 덮쳐서 지금 저 안에 쌓여 있는 보물들을 노획해 오셨지요. 트로이를 포위한 채 십 년 세월을 보내셨는데 돌아오는 길에 또 얼마나 많은 세월을 보내셨던가요? 그런데 정작 이곳 왕궁은 어떤가요? 이곳 주변은 어떤가요?"

헬레네가 눈살을 찌푸리며 말했다.

"너는 욕지거리가 몸에 배었구나. 입만 열면 남 흉이나 보고 있으니. 그래서 어쨌단 말이냐?"

"왕비님께서도 스파르타 북쪽 고지대로 이어지는 골짜기를 아시지요? 오랜 세월 버려져 있었지요. 그런데 그 골짜기 속에 오래 전부터 어둠의 세계에서 내려온 종족들이 자리를 잡았답니다. 튼튼한 성벽을 쌓고는 제멋대로 이 나라와 이 나라 백성들을 괴롭히고 있습니다. 거의 이십여 년에 걸쳐 벌어진 일입니다."

"그렇다면 그들 우두머리가 있을 것 아니냐?"

"있지요. 저는 그를 별로 욕하고 싶지 않습니다. 제게는 잘해 주었거든요. 생기기도 잘 생겼지요. 사람들은 그들을 야만족이라고 부르지만 저는 그렇게 생각하지 않습니다. 제 아무리 야만족이라도 트로이 백성들 앞에서 식인종처럼 잔인하게 굴었던 그리스 영웅들만 하겠어요? 저는 그분의 위대함을 존경하고 그분을 믿어요."

"긴 말 할 것 없이 어서 결론을 말하라."

"아, 결론이야 왕비님께서 내리셔야죠. 왕비님이 좋다고 말씀하시면 제가 그 굳건한 성벽 안에서 왕비님을 보호해드릴 수 있어요."

그 소리를 듣자 시녀들이 헬레네에게 어서 좋다고 말씀해달라고 간청했다. 그러자 헬레네가 포르키아스에게 말했다.

"아니다. 메넬라오스 왕은 잔인하신 분이 아니다. 그분이 나를 해치실 것 같으냐?"

"참, 왕비님도! 왕비님, 잊으셨나요? 파리스가 전사한 후 왕비님을 측실로 삼는 행운을 얻은 그의 동생 데이포보스의 운명을! 왕께서 잔혹하게 능지처참하셨잖아요. 코와 귀를 동강내고 그곳도 동강냈지요. 소름끼치는 광경이었지요."

"그건 나 때문에 그렇게 된 거지."

"글쎄, 왕비님께도 똑같이 할 거란 말입니다. 아름다움이란 나눌 수가 없는 법이지요. 나누기 보다는 파괴하려는 게 사람이란 말입니다. 국왕의 가슴속에는 질투가 소용돌이치고 있습니다."

그때 멀리서 나팔 소리가 들려왔다. 메넬라오스가 돌아온다는 신호였다. 시녀들이 모두 흠칫 놀랐다. 마침내 헬레네가 말했다.

"그대가 역겨운 악령인 것은 내 잘 알고 있다. 선한 것을 악한 것으로 바꾸어놓을까 걱정도 된다. 하지만 우선은 급한 김에 그대를 따라 그 성으로 가리라. 나머지 일은 다 내가 알아서 할 테니, 내 마음속 생각을 알려 하지 마라. 자, 할멈 앞장서라."

일행은 모두 왕궁에서 나와 북쪽을 향해 길을 나섰다. 안개가 피어올라 모든 것을 뒤덮었다. 그들이 성에 들어가자 갑자기 안개가 사라지고 어둠이 밀려왔다. 주위를 둘러보니 포르키아스의 모습이 보이지 않았다.

파우스트, 헬레네와 맺어지다

정신을 차리고 보니 그들은 이미 성의 안뜰에 있었다. 그때 젊은이들과 시동들이 길게 줄을 서서 계단 위에서 내려오는 것이 보였다. 그 뒤로는 궁중 예복 차림의 파우스트가 계단 맨 위에 서서 위엄 있게 천천히 내려오고 있었다. 시녀들이 그를 유심히 살펴보며 고매하고 사랑스러운 풍채를 홀린 듯 바라보았다.

파우스트는 누군가 사슬에 묶인 자를 끌고 오고 있었다. 그가 헬레네에게 말했다.

"정중하고 예의 바르게 맞는 것이 도리이나 망루지기 임무를 맡은 이놈 때문에 그만……. 이놈이 왕비님께서 오시는 것을 보고하지 않는 바람에 그만 준비를 하지 못했습니다."

파우스트는 망루지기를 보며 말했다.

"이놈, 너 때문에 존귀하신 손님을 제대로 맞이할 기회를 놓치고 말았다. 죽음으로 그 죗값을 치러야 하리라. 네놈이 살고 죽고는 모두 왕비님이 자비를 내리시는지 아닌지에 달려 있다. 왕비님, 어서 뜻대로 하십시오."

헬레네가 말했다.

"재판관과 통치자로서의 높은 지위를 제게 부여해주시다니. 그렇다면 먼저 죄인의 말을 들어보겠어요. 어서 말해보아라."

"저를 죽이시든 살리시든 마음대로 하십시오. 왕비님을 우러러 볼 수만 있다면 영광이옵니다. 저는 이미 왕비님께 모든 것

제3막

을 바친 몸입니다. 저는 왕비님이 오시는 것을 보았지요. 그런데 오, 왕비님을 보는 순간! 저는 여신의 광채를 들이마셨습니다. 그 눈부신 아름다움에 이 가련한 인간의 눈이 멀고 말았습니다. 저는 파수꾼의 의무를 잊고, 호각을 불어야 한다는 의무도 까맣게 잊고 말았습니다. 절 죽이시든 살리시든 마음대로 하십시오. 아름다움 앞에서는 그 어떤 원망도 하지 않는 법이지요."

그러자 헬레네가 탄식하며 말했다.

"나 때문에 지은 죈데 내 어찌 벌할 수 있단 말인가! 아, 괴롭구나. 내게는 왜 이리 가혹한 운명이 따라다니는가? 가는 곳마다 남자들을 현혹해 맡은 바 일을 잊게 하다니! 반신, 영웅, 신, 심지어 악령들까지 서로 나를 차지하겠다고 싸워대니! 나는 세상을 어지럽히고 재앙만 몰고 다니는구나. 이 선량한 사람을 풀어주어라. 신에게 우롱당한 사람일 뿐인데 어찌 벌할 수 있겠느냐."

그러자 파우스트가 말했다.

"오, 놀랍도다! 왕비님, 저는 지금 사랑의 화살을 능숙하게 쏘는 분과 그 화살에 맞은 사나이를 보고 있습니다. 아, 저도 그 화살에 맞았습니다. 깃털 달린 화살들이 성안 곳곳을 윙윙거리며 날아다니는 것 같군요. 왕비님께서 제 충신들에게 모반의 마음을 불러일으키고 성벽도 위태롭게 하는군요. 이러다가는 제 군대마저 왕비님께 굴복할 것입니다.

저는 이제 저 자신과 더불어 제 것이었던 모든 것을 왕비님께 바치는 수밖에 없습니다. 이제 모든 것은 왕비님 것입니다. 옥좌에 오르십시오. 왕비님의 발치에 진심으로 충성을 맹세합니다."

파우스트는 헬레네를 왕좌로 안내했다. 그녀는 파우스트를 옆에 앉으라고 한 다음에 말했다.

"성주님, 성주님은 제 옆에 앉으세요. 함께 이곳을 다스리도록 해요."

나란히 앉은 파우스트와 헬레네는 사랑스러운 눈길을 주고받았다.

그때 포르키아스가 허둥지둥 들어왔다.

"지금 그렇게 사랑 입문서나 뒤지며 희희낙락할 때가 아닙니다. 한가로이 사랑 놀음에 빠져 있을 때가 아닙니다. 저 천둥 같은 소리가 안 들리십니까? 저 나팔 소리가 안 들리십니까? 메넬라오스 왕이 군대를 벌떼처럼 거느리고 왔어요."

파우스트가 큰 소리로 받아쳤다.

제3막

147

"어찌 이리 무엄하게 호들갑을 떨고 있느냐? 어여쁜 심부름
꾼도 불길한 소식을 가져오면 밉살스러워지는 법인데, 그렇지
않아도 추한 네가 흉한 소식을 가져오다니! 하지만 아무 염려
없다. 아름다운 여인을 보호할 줄 아는 자만이 사랑받을 자격
이 있는 법, 내가 그들을 물리치리라."

파우스트가 옥좌 아래로 내려오자 장군들이 명령을 받으려
고 그를 에워쌌다.

파우스트가 그들에게 말했다.

"일찍이 우리 왕비님을 우러러본 나라, 이제는 왕비님 것이
되었다. 자, 진군하라. 나는 중앙에서 적들을 맞아 싸우리라. 그
대들이 승리하면 풍요로운 땅덩어리를 선사하겠다."

파우스트는 다시 왕비 곁으로 와서 그녀를 향해 노래했다.

오직 왕비님만을 바라보는 이 나라

내 눈앞에 융성하고 융성한 그 모습이 보이는구나.

온 누리가 그대 것이긴 하지만

오, 조국을 먼저 생각해주십시오.

저기 저 뾰족한 산봉우리

산등성이에 내리꽂히는

차가운 태양 빛을 잘 받아들이고 있구나!
바위 사이에 푸릇푸릇 풀잎이 내비치니
그 하찮은 먹이를 염소가 탐내고 있구나.

샘물이 솟고 냇물이 모여들어 흐르더니
골짜기, 산비탈, 풀밭이 어느새 푸르러졌구나.
여기저기 평원을 가르고 솟아난 언덕 위에서
양들이 떼 지어 움직이는구나.

뿔 달린 소들이 널리 흩어져
조심스레 가파른 절벽을 향하는구나.
생명의 요정들과 판들이
수풀 우거진 시원한 골짜기에 살고 있구나.
가지 무성한 나무들이 빽빽이 들어차
높은 하늘을 향해 애타게 고개를 쳐드는구나.

태고의 숲이다! 떡갈나무 육중하게 치솟아
가지들이 서로 완강하게 얽혀 있고
달콤한 즙을 머금은 단풍나무,

순결하게 치솟아, 아름다운 잎들이 나부끼는구나.

고요한 나무 그늘에서 따뜻한 젖이 솟아
아이들과 양들이 마시기를 기다리고 있고
가까운 평원에 과실이 무르익고
오목하게 패인 나무줄기에서는 꿀이 흐르는구나.

즐거움이 대대손손 이어져
뺨과 입을 흥겹게 하는 곳
누구나 제 자리에서 불사신이 되어
만족스럽고 건강한 삶을 누리는구나.

순결한 나날을 보낸 아이들
어느새 아버지가 되어 힘을 얻으니
우리는 그저 놀랄 뿐이다.
그들이 과연 신들인가? 인간들인가?

태양신 아폴론이 목동의 모습을 하고 있으니
제일 아름다운 목동이 아폴론과 꼭 닮았구나.

자연이 순수하게 지배하는 이곳에서
온 세상은 하나로 어우러지기 마련이니
이곳이 바로 낙원이구나!

노래를 마친 파우스트는 헬레네 옆에 앉아 말했다.

"이제 모든 것이 다 잘되었으니 지난 일일랑 깊이 묻어버리시오. 장군들이 적을 물리쳤소. 오, 당신은 지고의 신에게서 태어났음을 명심하시오. 오직 그대만이 인류 최초의 황금시대에 속한다는 것을. 이제 이런 성에 갇혀 지내실 필요 없소. 스파르타 옆에 있는 아르카디아가, 영원한 젊음의 힘을 간직한 아르카디아가 우리를 기다리오. 우리의 영원한 안식처를 마련해놓고 우리가 즐거움에 가득 찬 날을 그곳에서 보내길 기다리오.

그대는 축복의 땅에 살도록 초대받은 거요. 당신은 당신의 더없이 즐거운 운명 속으로 피신해 온 것이오. 옥좌가 그대로 정자로 변하고 우리는 아르카디아처럼 마음껏 자유롭게 행복을 누리게 될 것이오."

낙원의 파우스트와 헬레네

순간 주변 풍경이 완전히 바뀌었다. 성벽은 간데없고 정자들이 줄줄이 늘어선 암벽 동굴들에 기대어 세워져 있으며 주위를 둘러싼 바위까지 작은 숲이 이어져 있다. 헬레네와 파우스트는 간 곳이 없고 시녀들만이 여기저기 흩어져 잠을 자고 있다.

포르키아스가 나타나 그들을 깨우면서 말했다.

"이것들아 어서 일어나라. 도대체 얼마나 오랫동안 잠을 자고 있는 거냐? 그동안 벌어진 일을 너희가 꿈속에서 보기나 했느냐?"

시녀들이 눈을 부비며 일어나더니 포르키아스에게 말했다.

"어서 말해줘요. 무슨 일이 일어났는지 어서 말해줘요. 믿을 수 없는 일이라면 더 듣고 싶어지거든요."

"그렇다면 들어보아라. 여기 아름다운 동굴들과 정자들 안에서 우리 성주님과 왕비님이 목가에 나오는 연인들처럼 숨어 지내신단다."

"뭐라고요? 저 안에서요?"

"그래, 저 곳에서 속세를 피해 지내신다. 오로지 나 한 사람만을 불러 조용히 심부름을 시키지. 나는 두 분이 호젓하게 지내실 수 있도록 때로는 딴청을 피우고 이리저리 돌아다니지. 자, 너희가 잠자는 동안에 벌어진 일을 내가 이야기해주마.

내가 홀로 깊은 생각에 잠겨 정원들을 둘러보는데 돌연 웃음소리가 동굴 안에 메아리쳤다. 내가 돌아보니 한 사내아이가 엄마와 아빠 품 사이를 폴짝폴짝 뛰어다니는 거야. 벌거벗은 모습이 날개 없는 요정 같더구나. 그러자 어머니가 걱정스러운 표정으로 말했지. '그렇게 뛰는 건 좋지만 날려고는 하지 마라. 자유롭게 날 수는 없단다.' 아버지도 비슷하게 타일렀지. 소년은 금방 밖으로 나와 커다란 바위 위로 폴짝 뛰어 올라가 마치 공이 튀듯 바위 끝에서 바위 끝으로 뛰어다녔지.

그런데 갑자기 소년이 사라진 거야. 우리는 모두 소년을 영영 잃어버린 줄 알았다. 울고불고하는 어머니를 아버지가 위로하고 나도 걱정이 되어 어깨를 움츠리고 있었지. 그런데 소년이 다시 나타났단다. 어떤 모습으로 나타났는지 아느냐? 어디 보물이 숨겨져 있었는지 꽃무늬 옷을 우아하게 차려입고 있더란 말이다. 황금빛 칠현금을 들고 있는 모습이 영락없이 어린 아폴론 신 모습이었지."

하녀들 귀에는 아폴론 신이 연주하는 감미로운 선율이 울리는 것 같았다.

그때였다. 파우스트와 헬레나가 아들 오이포리온과 함께 나타났다. 오이포리온은 칠현금을 들고 음악을 연주하고 있었다. 정말로 행복한 가정의 모습이었다. 오이포리온이 부모님에게 말했다.

"어린 제 노랫소리를 들으면 금방 즐거워지실 거예요. 제가 박자에 맞춰 뛰어오르는 걸 보시면 두 분 마음도 쿵쿵 뛸 거예요."

헬레네가 행복한 목소리로 노래하듯 말했다.

"사랑은 고매한 두 사람을 맺어주어 인간적인 행복을 안겨주지요. 하지만 신적인 황홀함을 맛보게 하려고 사랑은 소중한 세 사람을 이어준답니다."

그러자 파우스트가 화답했다.

"그러면 모든 것을 얻은 셈이오. 나는 당신의 것, 당신은 나의 것, 우리 이렇게 맺어졌으니 영원히 변함없을 거요!"

그러자 시녀들이 노래했다.

여러 해 동안 누린 기쁨이
아드님의 부드러운 빛으로
두 분에게 모이는구나.
오, 얼마나 감동적인 결합인가!

그러자 오이포리온이 말했다.

"자, 이제 저를 폴짝폴짝 뛰게 해주세요. 뛰어오르게 해주세요! 사방 천지로 공중 높이 솟구치고 싶은 게 제 소원이에요. 그 마음이 저를 붙잡고 놓아주지 않아요."

파우스트가 대답했다.

"적당히 해라, 적당히! 무리하다가 떨어지거나 다치면 안 된다. 우리의 소중한 아들이 우리를 파멸시키는 일이 있어선 안 돼."

"전 더는 땅바닥에 처박혀 있고 싶지 않아요. 제 손을 놓아주세요. 제 머리를 놓아주세요. 제 옷자락을 놓아주세요. 모두 제 것이잖아요."

그러자 헬레네가 말했다.

"오, 생각해보렴. 제발 생각해봐. 네가 누구의 것인지! 힘들게 노력해서 간신히 이룬 아름다운 결실! 나의 것, 네 아버지의 것, 너의 것인 너를! 만일 네가 너를 부수어버린다면 우리는 얼마나 상심하겠느냐?"

오이포리온은 부모님의 말씀을 듣는 척 시녀들 사이를 뛰어다니며 그녀들을 희롱했다. 그러나 그는 만족할 수 없었다. 그는 곧 아찔할 정도로 높은 바위 위로 뛰어올라 하늘을 우러러 노래했다.

"아, 나는 이런 평화로운 나날을 즐길 수 없어. 나의 구호는 전쟁이야. 저 멀리 승리의 함성이 들려온다. 나는 강철 같은 사나이의 마음을 가졌으니 무장을 갖추고 싸움터로 향할 거야. 자, 떠나자! 저기에 드높은 명성을 향한 길이 보이는구나!"

그는 점점 더 위로 올라갔다.

그 모습을 보고 헬레네와 파우스트가 외쳤다.

"어째서 이 세상에 태어나자마자, 즐거운 나날을 맞이하자마자 그 아찔하게 높은 곳에서 괴로움 가득한 전쟁터를 그리워하는 거냐? 우리는 네게 아무것도 아니란 말이냐? 우리의 즐거운 인연이 한낱 꿈이란 말이냐?"

"저 바다를 울리는 천둥소리 들리지 않나요? 저기 골짜기마다 우레 같은 소리가 메아리치고 있어요. 저 먼지 속에서 군대끼리 맞붙어 서로 싸우고 있어요. 죽음은 천명이지요."

그의 입에서 죽음이 천명이라는 소리가 나오자 모두 경악했다.

바로 그때 오이포리온이 허공을 향해 몸을 날리면서 외쳤다.

"두 날개를 활짝 펼쳐라! 그곳을 향해! 가자! 어서 가자! 저를 날게 해주세요."

한동안 옷자락이 그의 몸을 지탱하게 해주었다. 머리가 빛을 내고 불빛이 길게 꼬리를 남겼다.

"아, 이카로스! 이카로스!"

시녀들이 입을 모아 외쳤다. 이카로스가 누구인가? 밀랍으로 만든 날개를 달고 태양 가까이 갔다가 밀랍이 녹는 바람에 바다에 떨어져 죽은 자가 아니던가?

얼마 후 한 아름다운 젊은이가 부모의 발치에 떨어졌다. 그러나 곧 육신이 사라지고 옷과 외투 칠현금만 남긴 채 빛이 되어 혜성처럼 하늘 높이 올라갔다.

슬픔에 잠긴 헬레네가 파우스트에게 말했다.

"아, 아름다움은 행복과 오래 함께하지 못하는 법이군요. 옛말이 맞았어요. 이제 생명의 끈도 사랑의 끈도 동강 나고 말았으니 슬플 뿐이에요. 이제 당신께 쓰라린 작별을 고해야 하겠어요. 마지막으로 당신 품에 안기겠어요. 저승의 여신이여, 아들과 저를 받아주십시오!"

헬레네는 파우스트를 부둥켜안았다. 곧이어 헬레네의 육신이 사라지고 옷과 베일만이 파우스트의 품에 남았다. 잠시 후 그 옷이 구름처럼 흩어져 파우스트를 에워싸더니 높이 들어 올려 어디론가 데려갔다. 시녀들도 일제히 노래를 부르며 사라졌다. 포르키아스로 변장했던 메피스토펠레스만이 제 모습을 드러내며 음흉하게 미소 짓고 있었다.

제3막

제4막

파우스트, 다스릴 땅을 원하다

이곳은 뾰족뾰족한 바위산들의 봉우리, 한 자락 구름이 날아오더니, 앞으로 튀어나온 평평한 바위 위에 내려앉았다. 이윽고 구름이 갈라지더니 파우스트가 구름 속에서 걸어 나왔다.

파우스트는 고개를 들어 하늘을 보았다. 자신을 이곳에 데려온 구름이 멀어지는 것이 보였다. 구름이 모양을 바꾸더니 거대한 여인의 모습으로 변했다. 아름다운 여인의 모습이었다. 얼마 후 구름이 흩어지더니 보드라운 안개가 되어 파우스트 주위를 에워쌌다. 그러더니 다시 가볍게 위로 떠올라 다시 하나로 모였다.

파우스트는 홀로 중얼거렸다.

"오, 저 황홀한 모습! 아, 내 젊은 날 잃어버린 소중한 보배여! 정녕 저것은 착각이란 말인가! 마음속에 묻어두었던 그 옛날의 보물이 다시 샘솟는구나. 내 가슴에 빠르게 다가왔지만 내가 제대로 이해하지 못했던 그 첫 눈길! 가슴 설레게 만드는 오로라의 사랑! 그 눈길을 붙잡았다면 그 어떤 보물보다 눈부시게 빛났을 텐데! 저 어여쁜 자태가 아름다운 영혼처럼 하늘 높이 올라, 그 모습 그대로 창공을 향해 나아가는구나! 내 마음속 가장 귀중한 것을 가져가는구나! 아, 그레트헨!"

순간, 한 걸음에 10킬로미터를 가는 마법의 장화가 갑자기 나타나더니 그 안에서 메피스토펠레스가 내려왔다. 메피스토펠레스가 파우스트를 보고 말했다.

"애고, 간신히 쫓아왔네. 아니 도대체 무슨 속셈이오? 하필이면 이런 소름 끼치는 곳에 내릴 건 뭐요? 여긴 원래 지옥의 밑바닥이었단 말이오."

"자네는 말끝마다 그 시시한 옛날이야기를 들먹이는군. 또 시작이야?"

"잘 들어요. 하느님이 우리를 하늘에서 저 깊고 깊은 땅속으로 추방했을 때 온통 뜨거운 불빛이 이글이글 타오르고 있었소. 우리는 옹색하게 한데 붙어 있었지요. 그런데 사탄들이 갑자기 기침을 해대고 위로, 아래로 뿡뿡 가스를 뿜어대기 시작했소. 지옥이 유황 냄새와 황산으로 터질 것 같더니 급기야 가스가 발생했다오. 가스가 엄청나게 불어나더니 급기야 우르릉 꽝! 폭발하고 말았다오. 그러고 나니 땅 밑바닥이었던 곳이 산봉우리가 되면서 우리가 떡하니 산꼭대기에 있더라니까요."

"잔소리 말게. 나는 이 아름다운 산맥을 고귀하게 생각하고 즐길 뿐이니."

"아무튼, 내 물읍시다. 도대체 이 지상에 선생 마음에 드는 게 하나도 없단 말이오? 선생은 무한히 넓은 세상에서 온갖 부귀영화를 다 누렸소. 그런데도 도통 만족할 줄 모르니."

"아니, 내 마음을 끌어들이는 일이 딱 한 가지 있었네. 어디 알아 맞혀보게나."

"까짓것 쉽지요. 나라면 한 나라의 수도를 찾아갈 거요. 수많은 사람이 복작복작하며 바삐 움직이지요. 거기서 수많은 사람의 존경을 받는다면 즐거운 일 아니겠소?"

"나는 그걸로 만족할 수 없네. 사람들 수가 늘어나고, 그 사람들이 나름대로 편안히 먹고 사는 것, 교양을 쌓고 식견을 넓히는 것, 사람들은 모두 그런 삶을 부러워하지만 사실은 반역자만을 길러낼 뿐이지."

"그렇다면 이건 어떻소? 근사한 곳에 멋진 성을 하나 짓고 호사스럽게 주변을 가꾸고 사는 거요. 웅장한 자연을 정원으로 만들어 즐기는 거지요. 거기다 절세미인들을 품에 끼고 알콩달콩 정을 나누며 오래 사는 것, 그런 건 어떻소?"

"원 조잡하긴! 내가 무슨 네로 왕이라도 되고 싶은 줄 아나?"

"하긴 선생이 고상하긴 고상했지요. 달 가까이 날아가봤으니 또 한 번 가보고 싶은 고질병이 도진 거요?"

"당치않은 소리! 이 지구에서도 아직 얼마든지 위대한 일을 벌일 수 있네. 모두 깜짝 놀랄만한 일을 하고 싶지. 생각만 해도 힘이 불끈불끈 솟구치는구면."

"그렇다면 명성을 원하는 거요?"

"나는 직접 다스릴 수 있는 내 소유의 땅을 갖고 싶다네. 오로지 일을 하고 싶을 뿐 명성은 아무것도 아니라네."

"도대체 무슨 속셈이요? 어디 이야기나 들어봅시다."

"저 먼바다가 내 눈길을 끈다네. 저 부풀어 오른 파도 말일세. 드넓은 해변에 바닷물을 쏟아 붓고는 다시 뒷걸음질 치며 멀어져 가는 저 파도. 파도들이 꼬리에 꼬리를 물고 몰려와 스스로의 힘에 도취해서 위력을 떨치지. 하지만 저 파도들이 이룬 게 뭐가 있나? 아무런 목적도 없이 제멋대로 날뛸 뿐이지.

제4막

161

나는 저 파도와 싸우고 싶네. 내 정신의 한계를 넘어 도약하고 싶네. 그 싸움에서 승리하고 싶네. 얼마든지 이길 수 있네. 자, 보게. 아무리 거세게 밀려오는 파도라도 언덕은 슬며시 휘감으며 지나가지 않는가? 제아무리 오만하게 솟구치더라도 제방을 높이 쌓으면 당당히 맞설 수 있고 도랑을 조금 깊이 파면 파도를 끌어들일 수 있네. 내가 이미 머릿속으로 계획을 세웠지. 저 오만한 바다를 해변에서 쫓아내어 땅을 마련하고 싶네. 내 소원이니 제발 추진시켜주게.”

“그거야 누워서 떡 먹기죠. 저기 북소리 들리지요?”

파우스트가 귀를 기울이니 북소리와 군악 소리가 어렴풋이 들렸다.

“또 전쟁인가? 현명한 사람이라면 듣고 싶지 않은 소리지.”

“전쟁이건 평화건 자신에게 득이 되게 만들면 되지 않소? 그게 현명한 태도 아니겠소? 파우스트 선생, 기회가 왔으니 냉큼 붙잡으시오.”

“그런 수수께끼 놀음 집어치우고 간단하게 설명해 보게.”

“아따 급하시기는! 내가 이리로 오는 길에 주워들었소. 선생 기억나지요? 우리가 속임수를 써서 큰 재물을 안겨주는 척했던 그 어리석은 황제 말이오. 온 세상을 다 사들일 것처럼 들떠 있었지요. 그 황제가 큰 곤란에 빠져 있소. 어린 나이에 옥좌에 오른 탓에 나라를 다스리는 일과 개인적 향락에 빠지는 일이 동시에 가능한 줄 착각했지."

"착각도 아주 큰 착각이로군. 명령을 내리는 자리에 있는 자는 명령 자체에서 기쁨을 느껴야 하는 법이지. 자기 속을 함부로 드러내면 안 돼. 충신의 귀에만 살짝 들려준 일을 성취해서 사람들을 놀라게 해주어야 하지. 그래야 일인자가 되고 위엄을 갖추게 되는 거지. 향락은 사람을 천박하게 만들 뿐이라네."

"맞아요. 그런데 저 황제는 나라 다스리는 일은 제쳐놓고 향락에만 빠져 있었다니까요. 그래서 나라가 무정부 상태 꼴이 되어버렸지요. 큰놈 작은놈, 너나 할 것 없이 온통 싸움질만 벌였다오. 교회 안에서도 살인이 횡행하고 사람들이 흔적도 없이 사라지기 일쑤였소. 누구나 큰소리를 칠 수 있게 되었고 실제로 모두 큰소리를 쳤지요. 심지어 정말 보잘것없는 인간조차 자신이 대단한 줄 알게 되었다니까요.

그러니 제법 똑똑한 놈들이 이대로 가면 안 되겠다는 생각을 하게 된 거지. 그리고 만만치 않은 사람들이 모여 이렇게 외쳤지요. '군주라면 우리를 평화롭게 살도록 해주어야 하는데, 지금 황제는 그런 생각도 없고 능력도 없다. 우리 스스로 새 황제

를 뽑아서 나라에 활력을 불어넣게 하자. 새롭게 나라를 창건해서 평화와 정의를 지키자.'

그들이 들고일어나 황제와 전쟁을 벌이고 있다오. 우리가 즐겁게 해주었던 황제가 지금 이곳으로 오는 중이오. 아마 최후의 격전이 될 거요. 자, 어서 갑시다. 우리가 황제를 이 좁은 골짜기에서 구해줍시다."

메피스토펠레스의 말을 들은 파우스트는 황제를 돕기로 결심했다. 둘은 고개를 들어 중간 산맥을 넘어 골짜기에 포진한 군대를 바라보았다.

그들을 바라보며 메피스토펠레스가 말했다.

"자, 신념을 가지시오. 우리가 황제의 옥좌를 지켜주면 선생은 끝없이 넓은 해안을 봉토로 하사받게 될 것이오."

"어떻게 싸움을 승리로 이끌지 말해보게."

"선생이 직접 승리를 쟁취하시오. 이번에는 선생이 총사령관이오."

"내가? 내가 어떻게 저들에게 명령을 내린단 말인가!"

"모든 일은 참모진에게 맡기시오. 내가 이미 깊은 산속의 원시인들을 동원해 참모진을 조직해놓았소."

그가 말을 마치자 힘센 무사 세 명이 나타났다. 각각 젊은이와 중년, 노년 한 명씩이었다. 가볍게 무장하고 화려한 옷을 입은 젊은이는 싸움꾼이었다. 그가 말했다.

"어떤 놈이건 나와 눈만 마주치면 주먹으로 낯짝을 갈겨 버릴 테다. 도망가는 놈이 있으면 머리채를 잡아채고야 말리라."

이번에는 호사스러운 옷을 입고 적절히 무장을 한 중년의 사내가 말했다. 그는 욕심쟁이였다.

"그런 실속 없는 싸움은 바보짓이지. 아까운 인생을 왜 그렇게 허비한단 말인가? 나는 뭔가를 움켜쥐는 데 선수지. 끈기가 필요한 일이야. 나머지는 전부 나중 문제일 뿐이야."

그러자 중무장을 한 채 거의 아무것도 걸치지 않은 노인이 말했다. 그는 자린고비였다.

"그래보았자 얻을 게 뭐 있다고! 재물이 아무리 많아도 순식간에 눈 녹듯 사라져버리고 말 텐데. 거머쥐는 것도 좋지만 잘 간수하는 편이 훨씬 낫지. 이 늙은이에게 뭔가 맡기면 아무도 채가지 못할걸."

그들의 말이 끝나자 모두 함께 아래로 내려갔다.

황제, 파우스트의 도움으로 싸움에서 이기다

아래로 내려가니 황제가 호위병들에 둘러싸여 총사령관과

이야기를 나누고 있었다. 총사령관이 황제에게 보고했다.

"작전상 후퇴하여 이 골짜기에 전군을 집결시켰습니다. 지금으로써는 최선의 전술입니다."

"글쎄, 결과가 어떨지……. 하지만 도망치다시피 퇴각한 게 영 기분이 안 좋아."

"폐하, 지형을 좀 보십시오. 기마병들이 감히 접근할 수 없는 지형입니다. 우리가 몸을 숨기고 매복하기에 더없이 좋지요. 저 사기가 드높은 우리 병사들을 보십시오. 적들의 병력을 분산시켜 반드시 승리를 거둘 것입니다."

적들의 모습이 보이자 황제가 말했다.

"나를 삼촌, 사촌, 형제라 불렀던 자들이 저기 몰려오는구나. 저 가짜 친척들! 감히 황홀의 위력과 옥좌의 위엄을 빼앗으려 설쳐대다니! 내게 반기를 들다니!"

그때 정찰병이 허겁지겁 황제 앞으로 와서 상황을 보고했다.

"폐하, 놈들이 새로운 황제를 내세웠습니다. 백성들이 그가 높이 쳐든 깃발을 따르고 있습니다. 양 떼 근성이지요."

"가짜 황제라! 정말 잘된 일이다. 이제야 내가 진짜 황제임을 보여줄 수 있게 되었다. 그동안 연회를 열고 즐길 때마다 아슬아슬하고 위험한 일이 없어서 섭섭했다. 내 갑옷을 굳건히 차려입고 승리를 거두리라. 황제의 명성을 드높이리라."

그때 갑옷 차림에 투구를 반쯤 내려 쓴 파우스트가 세 명의 용사와 함께 나타났다. 파우스트가 황제 앞으로 나서며 말했다.

"폐하, 저희가 이렇게 앞으로 나선 것을 꾸짖지 말아 주십시오. 폐하가 아직 곤경에 처하시지는 않았지만 미리 조심하는 편이 상책이라 여기고 이렇게 나섰습니다. 저희는 폐하의 충직한 종복들입니다. 저희는 이탈리아 사비니 족 출신의 마법사들입니다. 폐하께서 저희에게 크나큰 은혜를 베푸신 적이 있지요. 엄청난 자연의 힘을 빌려서 폐하를 돕기 위해 이렇게 왔습니다. 사람들은 그 힘을 마법이라고 부르지요."

"운명의 저울이 어디로 기울지 알 수 없을 때 우리를 도와주겠다고 용감히 나선 자들을 내 어찌 환영하지 않을 수 있겠는가. 하지만 그대들은 칼을 거두어라. 사나이라면 스스로 책임을 져야 하는 법, 내 저자들을 친히 황천으로 보내고야 말겠다!"

그러자 파우스트가 말했다.

"폐하, 아무리 중대한 일이라고 해도 폐하의 목숨을 거는 것은 옳지 않은 일이옵니다. 폐하는 머리시옵니다. 머리 없이 팔다리가 무슨 일을 하겠습니까? 머리가 잠들면 팔다리가 축 늘어지기 마련이고, 머리가 다치면 온몸이 금방 상처 입게 되지

제4막

167

요. 자, 적들이 가까이 몰려오고 폐하의 병사들은 사기충천하여 전투를 기다리고 있습니다. 어서 공격 명령을 내려주십시오."

그러자 황제가 총사령관에게 말했다.

"내가 직접 지휘하지는 않겠다. 사령관, 모든 일을 그대에게 맡긴다."

그러자 파우스트가 자신과 함께 온 용사들을 다른 병사들과 함께 싸울 수 있게 해달라고 간청했다. 파우스트가 말을 마치자 싸움꾼이 앞으로 나섰다.

"저한테 낯짝을 들이미는 놈들은 위턱, 아래턱 모조리 으스러지지 않고는 돌아서지 못할 것입니다. 저한테 등 돌리는 놈들은 그 자리에서 모가지, 정수리, 머리통이 다 덜렁거리게 될 것입니다. 사령관님의 병사들은 그저 제 장단에 맞추어 놈들을 해치우기만 하면 됩니다."

이번에는 욕심쟁이 차례였다.

"승리에는 당연히 전리품이 따르는 법이지요. 저를 따르는 병사들은 그 욕심에 적들 심장부로 사정없이 쳐들어갈 것입니다. 모든 용사의 목표는 바로 적의 군막입니다. 제가 앞장서겠습니다."

다음에는 자린고비가 나섰다.

"저는 왼쪽을 맡겠습니다. 제가 있는 한 하나도 뺏기지 않을 겁니다. 이 늙은이가 지키는 데는 명수지요. 제가 한 번 움켜쥔 건 번갯불이라도 빼앗아 가지 못합니다."

그들은 모두 황제의 명을 받고 물러나 싸움터로 향했다. 곧이어 전투가 벌어졌다. 오른쪽은 황제의 군대가 승기를 타는 것 같았으나 왼쪽은 밀리고 있었다. 그때 메피스토펠레스가 까마귀들을 거느리고 하늘로부터 내려왔다. 그가 손가락으로 전장을 가리켰다.

"폐하, 가혹한 운명입니다. 저길 보십시오. 우리 용사들이 벼랑 끝으로 몰리고 있습니다. 가까운 고지들은 이미 빼앗겼고 저들이 고갯길마저 점령하게 되면 우리는 정말 어려운 처지를 면하기 어려울 것입니다."

그러자 황제가 노여움을 띠고 말했다.

"결국 내가 속았구나! 너희가 나를 함정에 끌어들인 게야."

메피스토펠레스가 황제에게 말했다.

"폐하, 용기를 내십시오. 아직은 패하지 않았습니다. 마지막이 중요한 법입니다. 저희가 지휘를 하게 해주십시오."

그러자 마침 잘 되었다는 듯 총사령관이 나서며 말했다.

"폐하, 폐하께서 이들과 손잡은 뒤로 제 마음이 편치 않았습니다. 이제 저로서도 어쩔 수 없습니다. 저들이 시작한 일, 저들이 끝맺도록 해주십시오. 이 지휘봉을 폐하께 돌려드리겠습니다."

황제는 모든 걸 메피스토펠레스가 알아서 하라고 말한 후 총사령관과 함께 군막 안으로 들어가 버렸다.

메피스토펠레스와 단 둘이 남은 파우스트가 메피스토펠레스에게 물었다.

"이제 어떻게 할 셈인가?"

"걱정하지 마시오. 다 차려놓은 밥상이오."

그러더니 그는 까마귀들에게 말했다.

"자, 검은 사촌들아, 어서 서둘러 산 중에 있는 커다란 호수로 날아가거라. 물의 요정들에게 안부를 전하고 넘쳐흐르는 물의 허깨비를 좀 빌려달라고 부탁해라. 그 요정들은 재주가 좋거든. 실상과 허깨비를 분리할 줄 안단 말이야. 다들 허깨비를 실제라고 굳게 믿도록 만들지."

까마귀들이 메피스토펠레스의 명을 받아 날아간 뒤 얼마 지나지 않아 파우스트의 귀에 여기저기서 물소리가 들리기 시작했다. 이윽고 골짜기마다 급류가 사납게 흘러내리기 시작하는 게 보였다. 갑자기 닥쳐온 물난리에 반군들은 우왕좌왕하기 시작했다. 엄청난 물살이 적들을 휩쓸어 가는 것을 보고 파우스트가 눈을 휘둥그레 뜨자, 메피스토펠레스가 팔짱을 끼며 말했다.

"선생, 선생 눈에는 급류가 보이지요? 하지만 내 눈에는 저런 속임수는 보이지 않소. 나는 그저 저놈들이 나동그라지는 꼴이 재미있을 뿐이오. 저 무더기로 고꾸라지는 꼴을 보시오. 물에 빠진 줄 알고 허우적거리는 저 바보들! 땅 위에서 허우적거리는 꼴이라니! 땅 위에서 숨을 할딱이는 꼴이라니!"

잠시 후 까마귀들이 돌아왔다. 메피스토펠레스가 까마귀들에게 재차 명령을 전했다.

"아주 잘했다. 자 이번에는 난쟁이들이 불꽃을 튀기며 쇠붙이와 돌을 두드리는 대장간으로 가보아라. 그들을 잘 구슬려서 그들이 숭고하게 지키는 불을 달라고 해라. 물벼락을 맞았으니 이제 불벼락을 선사할 차례다."

까마귀들이 물러가고 얼마 안 있어, 무성한 수풀 속에서 갑자기 번개가 치고 높이 떠 있던 별이 물에 젖은 땅을 스치고 지나갔다. 이윽고 어지러이 불꽃이 휘날리더니 갑자기 사방 천지가 훤하게 밝아졌다. 결국 공포에 질려 우왕좌왕하는 반군들을 황제의 군대들이 격퇴하는 데 성공했다. 싸움꾼은 신나게 적들을 베어 넘겼으며 욕심쟁이가 적들의 군막으로 들어가 실컷 전리품을 챙겼음은 물론이다.

전투가 승리로 끝나자 황제는 싸움에 나섰던 여러 제후들에게 일일이 상을 내렸다. 황제는 파우스트에게는 해안을 하사했다.

제5막

보리수나무 옆 작은 집

사방이 훤히 트인 곳에 집이 한 채 있었다. 옆에 무성한 보리수나무 숲이 있었다. 나그네 한 명이 집 앞에 서 있었다. 그는 잠시 감회에 젖은 듯 사방을 둘러보았다. 잠시 생각에 잠겨 있던 그는 그 집 문을 두드렸다. 잠시 후 인기척이 들리더니 무척 늙어 보이는 할머니가 나타나 문을 열어주었다.

할머니를 보자 나그네가 말했다.

"할머니, 바우키스 할머니 맞지요? 저를 알아보시겠어요? 옛날에 할아버지와 함께 제 목숨을 구해주신 적이 있지요? 바닷물에 빠져 다 죽어가던 젊은이를 할아버지랑 구해주셨잖아요. 제 소중한 물건들을 힘차게 걷어 올려주시던 필레몬 할아버지 말씀이에요. 할머니, 제게 바다를 보여주세요. 가슴이 너무 답답해요."

잠을 자고 있던 필레몬 할아버지가 그의 목소리를 듣고 잠에서 깨어 그들에게 왔다.

"맞아, 그 젊은이로구먼. 나이가 제법 많이 들었네. 할멈, 어서 식탁을 차려요. 자, 자네는 나랑 함께 바다가 있던 곳을 보러 가세."

필레몬과 나그네는 언덕으로 함께 올라갔다. 그가 나그네에게 말했다.

"자, 보게나. 믿어지지 않지? 자네를 그렇게 혹독하게 다루었던 바다가 정원으로 바뀐 걸 보게나. 낙원 같은 정경이지 않은가? 현명한 영주님들과 일꾼들이 도랑을 파고 제방을 쌓아 바다를 몰아냈지. 저기 한 없이 펼쳐진 푸른 초원을 보게나. 목장, 정원, 마을과 숲……. 곧 해가 질 테니 실컷 봐두게나. 저기 멀리 범선들이 밤을 보낼 휴식처를 찾고 있구먼. 저기가 지금은 항구라네. 저 멀리 바다 끝자락이 조금 보일 뿐, 지금은 온통 사람들이 빽빽이 모여 살고 있다네."

나그네는 믿을 수 없다는 표정을 짓고 있었다. 잠시 후 그들은 다시 집으로 돌아왔다. 이미 할머니가 저녁 식사를 준비해놓고 있었다. 셋은 작은 정원의 식탁에 둘러앉았다.

할머니가 먼저 나그네에게 입을 열었다.

"왜 말이 없어? 왜 입만 크게 벌린 채 음식에는 손을 대지 않는 거지?"

그러자 필레몬 할아버지가 말했다.

"무슨 일이 있었는지 알고 싶은 게로군. 할멈, 말하기 좋아하는 할멈이 알려주라고."

"정말 기적이었다오. 그 생각하면 아직도 마음이 가라앉지 않아요. 어째 이 일이 모두 떳떳하게 이루어진 것 같지가 않아서……"

할아버지가 말을 받았다.

"황제께서 그 사람에게 직접 이 해안을 하사하셨지. 그럴 만하니까 그러셨겠지, 설마 황제께서 무슨 잘못을 하셨겠어? 암튼 모래 언덕 멀지 않은 곳에서 공사의 첫걸음이 시작되었지. 천막, 오두막이 세워지고…… 그러더니 푸른 들판에 금방 뚝딱 궁성이 하나 생겨났었지."

할아버지에 이어 할머니가 말을 이었다.

"맞아요. 낮에는 사람들이 삽이나 곡괭이를 들고 땅을 판다고 법석을 떨었지만 별 진척이 없었다오. 그런데 밤에 작은 불꽃들이 떼 지어 몰려다니고 나면, 아침에 제방이 우뚝 서 있곤

했지. 밤에 비명 소리가 들렸으니 산 사람을 제물로 바친 게 분명해. 이글거리는 불길이 바다 쪽으로 흐르고 나면 아침에 운하가 생겼다니까. 하느님도 무섭지 않은지, 지금 우리 오두막하고 숲을 탐내고 있다오. 그자가 으스대며 나타나면 그저 굽실거릴 수밖에 없다오."

"그가 우리에게 새 땅에 근사한 농장을 마련해주려는 거야."

그러자 바우키스 할멈이 말했다.

"바다를 메운 땅을 믿지 말아요. 우리 언덕을 지켜야 해요."

필레몬 할아버지가 말했다.

"자, 어서 예배당으로 가서 마지막 햇살을 바라보기로 하자고. 종을 울리고 꿇어앉아 기도드리며 옛날부터 우리를 지켜준 하느님을 믿고 의지하세."

파우스트, 언덕 위의 집을 원하다

이곳은 드넓은 화원이 있고 운하가 번듯하게 흐르는 궁성 안, 매우 늙은 파우스트가 생각에 잠겨 이리저리 거닐고 있었다. 그때 운하를 타고 오색기를 드높이 휘날리며 거대한 배 한 척이 들어오고 있었다. 배 안에는 세계 각지의 산물들이 화려하고 풍성하게 쌓여 있었다.

배가 도착하자 건장한 세 명의 장정과 함께 메피스토펠레스
가 배에서 내리면서 말했다.

"우리 실력을 제대로 보여준 셈이다. 겨우 두 척의 배를 몰고
항구를 떠났는데 스무 척의 배를 몰고 돌아왔으니! 전쟁, 무역,
해적질, 이 셋은 떨어지려야 떨어질 수가 없는 것이로다. 이제
주인님의 칭찬까지 받으면 얼마나 좋겠는가!"

그러자 함께 도착한 장정들 중 한 명이 말했다.

"고맙다는 말도 반갑다는 인사도 없군. 우리가 무슨 냄새나
는 물건이라도 갖다 준 듯 못마땅한 얼굴을 하고 있으니. 왕가
의 보물이라도 주인님 마음에 들기는 틀렸어."

메피스토펠레스는 짐들을 부려 모두 다른 곳으로 옮기게 한
후 파우스트에게 말했다.

"어찌 그리 이마를 찌푸리고 있소? 왜 그런 음울한 눈빛으로
이런 엄청난 행운을 받아들인단 말이오? 드높은 지혜가 결실
을 보았소. 선생의 팔이 온 세상을 부둥켜안은 셈이오. 선생의
높은 뜻과 노고가 바다와 땅에서 보답을 받았단 말이오. 바로
여기에서!"

"그놈의 여기에서란 말 집어치우게. 내 가슴이 그 '여기에서'
란 말 때문에 얼마나 짓눌리는지 아는가? 그 무언가가 나의 마

음을 자꾸 콕콕 찔러 견딜 수 없네. 나는 높은 곳으로 가고 싶네. 이런 말 하는 게 부끄럽지만 제발 저 위의 노인들을 몰아내 주게. 저 위 보리수나무들을 베어내고 내가 머물 별장으로 만들고 싶네. 멀리까지 바라볼 수 있도록 그 나무들로 발판을 만들고 싶네. 내가 이룩한 것을 훤히 내려다보고 싶네. 내가 이룬 인간정신의 위대한 업적들을 한눈에 둘러보고 싶단 말이네. 뭔가 부족한 게 없는지 살펴보고 싶네. 풍요로운 가운데 자신에게 없는 것, 그 무언가 부족한 것을 느끼는 것만큼 괴로운 일은 없지 않은가."

"아, 망설일 게 뭐 있소? 저들을 진작 매립지로 이주시켰으면 될 것을……. 지금이라도 늦지 않았소."

"그렇다면 어서 가서 저들을 딴 곳으로 옮겨주게. 내가 저 노인네들을 위해 아름다운 농장을 마련해둔 것을 자네도 알고 있지 않은가?"

"내 당장 저들을 멀리 데려다놓겠소. 비록 억지로 옮겨가긴 하겠지만 근사한 곳에서 지내다 보면 마음이 풀릴 거요."

메피스토펠레스가 날카롭게 휘파람을 불자 세 장정이 나타났다. 메피스토펠레스가 그들에게 말했다.

"당장 주인님이 이르시는 대로 시행하라."

명령을 받은 세 사람이 물러났고 메피스토펠레스도 그 뒤를 따랐다.

얼마 후 저 멀리 어둠 속에서 불길이 치솟았다. 바로 보리수 나무와 필레몬의 오두막이 있는 곳이었다. 파우스트의 눈에도 그 불길이 보였다. 그는 불안했다. 하지만 노부부가 살게 될 새 집을 바라보며 애써 무리한 일을 추진한 것에 대해 스스로를 위안했다. 그때 메피스토펠레스와 세 장정이 달려와서 고했다.

"일이 좀 여의치 않았습니다. 아무리 문을 두드려도 문을 열어줘야 말이지요. 할 수 없이 썩어 문드러진 문을 부숴버렸지요. 노인 내외가 너무 놀라 넋을 잃고 쓰러지는 바람에 크게 고생하지는 않았습니다. 웬 나그네 한 놈이 숨어 있다가 칼을 빼들고 덤비더군요. 하지만 금방 뻗어버렸지요. 그 바람에 석탄이 와르르 쏟아지고 그 불이 짚에 옮겨붙어, 셋 다 화형을 당한 꼴이 되었지요."

그러자 파우스트가 크게 노해 소리쳤다.

"네놈들은 내가 말할 때는 귀가 먹었던 거냐? 나는 땅을 뺏으려 한 게 아니라 맞바꾸려 했단 말이다. 분별없이 횡포를 부리다니! 이런 저주받을 짓이 어디 있는가! 네 놈들도 저주를 받으리라! 괘씸한 것들 썩 물러가라."

메피스토펠레스와 세 장정은 곧바로 물러갔다. 파우스트는 자신이 너무 성급했음을 후회하지 않을 수 없었다. 그는 발코니에 서서 먼 곳을 바라보았다.

바로 그때였다. 그 무언가 그림자 같은 것들이 멀리 두둥실 떠오르는 것이 보였다. 그것들은 발코니 아래 집 앞에 이르자 잿빛 여인들의 모습으로 변했다.

파우스트, 근심과 만나 이야기하다

세 여인 중 첫 번째 여인이 노래하듯 속삭였다.

"나는 결핍이지요."

이어서 두 번째 여인이 속삭였다.

"나는 죄악이라고 해요."

세 번째 여인이 말했다.

"나는 근심이랍니다."

마지막 여인이 속삭였다.

"나는 고난이라고 해요."

모두들 안으로 들어가려 했지만 문이 닫혀서 들어갈 수가 없었다. 그러자 근심이 다른 자매에게 말했다.

"얘들아, 너희는 저 집 안에 들어갈 수도 없고 들어가서도 안 돼. 하지만 나 근심만은 열쇠 구멍으로 슬며시 들어갈 수 있어."

근심은 세 자매를 내버려두고 안으로 사라졌다.

파우스트가 그 모습을 보고 중얼거렸다.

"넷이 오는 걸 보았는데 하나만 남겨두고 셋은 가는구나. 무슨 말인지 알아듣지는 못했지만 고난, 이 말이 귓전을 맴돌고, 죽음, 이 음울한 낱말이 이어진 것 같았어. 뭔가 으스스하게 나를 가라앉히는 공허한 말투였어.

아, 나는 아직 자유로운 경지에 이르지 못했어. 내 인생에서 마법을 제거하고 내 머릿속에서 주문을 완전히 지울 수만 있다면! 그리하여, 자연이여! 내 오로지 한 남자로서 너와 마주할 수 있다면! 그렇게 되면 인간으로서의 보람을 느낄 수 있을 텐데! 어둠 속에서 헤매며 나 자신과 세상을 무엄하게 저주하기 전까지는 나는 자유로운 인간이었지. 이제 허깨비들이 공중에 가득 차 있는데 그것들을 피할 방도를 모르겠구나. 어쩌다 이성의 힘으로 밝게 웃다가도 밤이면 꿈의 그물에 갇혀버리는구나. 그런데 문이 삐걱거리는 소리가 들린 것 같네. 왜 아무도 들어오지 않는 걸까? 거기 도대체 누구요?"

그러자 근심이 대답했다.

"나는 근심이에요. 내 말이 귀에 크게 들리지는 않아도 마음

속에서는 크게 울리는 법이지요. 나는 모습을 바꾸어 가며 무서운 힘을 발휘한답니다. 어디서나 사람을 불안에 떨게 하지요. 아무도 나를 찾지 않지만 항상 사람들에게 나타난답니다. 때로는 아부의 대상이 되고 때로는 저주의 대상이 되지요. 당신은 아직 근심이란 것을 모르셨나요?"

"나는 줄곧 세상을 줄달음쳐왔소. 쾌락이란 쾌락은 모두 머리채를 휘감아 끌었고, 만족스럽지 않은 것은 내팽개쳤소. 내 손에서 빠져나가는 것은 내버려 두었소. 오로지 애타게 원하는 것을 좇아서 그것을 이룩했고, 줄기차게 그 무언가를 갈망하며 폭풍처럼 힘차게 인생을 질주했소.

처음에는 위세가 당당했지만 이제는 현명하고 신중해졌소. 나는 이제 이 지상의 일은 충분히 알고도 남소. 인간에게 천상에 오를 길은 막혀 있소. 눈을 끔뻑거리며 천상을 응시하고 구름 위에서 자기 같은 존재를 꿈꾸는 자는 천하에 어리석은 바보요. 두 발로 땅을 딛고 서서 이곳을 둘러봐야 하오. 아, 유능한 자에게 결코 이 세상은 침묵하지 않으리라! 그런데 무엇 때문에 영원을 찾아 헤맨단 말이오! 허깨비들이 출몰하는 세상이라도 그것들과 함께 이 세상에서 자신의 길을 가면 그뿐이오. 어떤 순간에도 만족할 줄 모르는 자, 그게 바로 나요. 나는 그

길을 가며 고통과 행복을 맛볼 뿐이오."

그러자 근심이 파우스트에게 말했다.

"내 손아귀에 한 번 걸려든 사람에게는 온 세상이 아무짝에
도 쓸모없지요. 영원한 어둠이 내려앉아 해가 뜨지도 지지도
않아요. 온갖 보물을 주어도 가지려 하지 않고, 행운과 불운이
모두 덧없는 환상인 양 여겨져 풍족한 가운데 허기를 느끼게
되지요. 기쁨도 괴로움도 내일로 미루고 오로지 앞날만을 기대
할 뿐, 결코 뭔가를 이룩하는 법이 없지요."

"닥쳐라! 내가 그따위 말에 끄떡이나 할 것 같으냐! 썩 물러
가라! 그런 조잡한 푸념 듣다 보면 제아무리 지혜로운 사람이
라도 마음이 흔들릴 거다."

"갈 것인가, 말 것인가? 인간은 그런 결심도 할 수 없어요.
훤히 트인 길 한복판에서 어정쩡하게 걸음을 내디디며 더듬더
듬 비틀거릴 뿐이지요. 그 어느 것도 포기하지 않으면서 몰입
하지도 않지요. 점점 더 자신감을 잃어버리고 자신과 주변 사
람들을 괴롭힐 뿐이지요. 그냥 한 곳을 끊임없이 맴돌 뿐이지
요. 그만두자니 아쉽고, 계속하자니 불쾌하고, 벗어났는가 하면
다시 짓눌리고. 그러면서 자는 둥 마는 둥 잠을 설치면서 못 박
힌 듯, 한 자리에 묶여 있으니 지옥이 따로 없지요."

제5막

183

"입 닥치지 못할까! 이 고약한 유령 같으니! 네놈들은 인간들을 그런 식으로 천 번 만 번 다루느냐! 아무렇지도 않은 나조차 고통의 그물에 얽힌 흉악한 모습으로 바꾸어놓느냐? 악령들을 떨쳐버리기 힘든 건 나도 안다. 아, 하지만 근심아! 네가 은밀하게 얼마나 큰 힘을 발휘하는지 나도 인정하지 않을 수 없구나!"

그러자 근심이 큰 소리로 외쳤다.

"내가 저주의 말을 내뱉으며 재빨리 네게서 등을 돌리고 떠나게 되면 너는 내 힘을 알게 되리라! 인간들은 평생 눈이 멀어 사는 법, 파우스트 그대도 결국은 눈멀게 되리라!"

말을 마친 근심은 파우스트에게 입김을 내뿜었다.

파우스트는 자신의 눈이 머는 것을 느끼며 중얼거렸다.

"밤이 점점 더 깊어지는 것 같은데, 마음속에서는 밝은 빛이 비추이는구나. 그래, 그동안 생각했던 일을 서둘러 완성해야 해."

그는 하인들을 소리쳐 깨웠다.

"자, 모두 일어나 연장을 손에 쥐어라! 삽과 가래를 잡아라. 열심히 일하는 자는 최고의 상을 받으리라. 이 위대한 사업을 완성시켜 천 개의 손을 가진 정신을 만족시키리라!"

파우스트, "순간이여, 멈추어라"라고 말하다

궁성의 넓은 뜰에 횃불이 훤히 밝혀져 있었다. 메피스토펠레스는 감독관으로서 일을 열심히 지휘하고 있었다. 일꾼들은 죽은 자들의 망령들이었다.

"이 흐물거리는 망령들아, 이곳에 너희가 누울 자리가 있다. 어서 제 몸에 맞는 땅을 파라. 모든 인생은 결국 이렇게 시시하게 끝나는 것이니."

망령들은 노래를 부르며 모두 열심히 제 무덤을 팠다.

나도 팔팔하게 젊었을 때 사랑을 했다네.
정말 달콤했다네.
음악 소리 신나게 울려 퍼지고 흥이 넘치면
내 발길은 절로 그곳을 향했지.

하지만 음흉한 늙음이 나를 찾아와,
가시 지팡이로 나를 후려쳤다네.
무덤 입구에서 발이 걸려 넘어졌는데,
왜 하필 그 입구가 열려 있었던가?

제5막

그때 파우스트가 조심조심 문설주를 더듬으며 밖으로 나왔다. 그에게는 망령들의 모습이 보이지 않고 달그락거리는 삽질 소리만이 들릴 뿐이었다. 그는 흐뭇한 마음에 중얼거렸다.

"저 삽질 소리, 정말 기분 흐뭇하게 하는구나! 나를 위해 저렇게 열심히 일하는 무리! 땅과 땅이 화합하여 바다의 힘을 제압하고 튼튼한 제방으로 바다를 둘러싸는구나."

그의 모습을 본 메피스토펠레스가 조롱하듯 혼잣말을 했다.

'둑을 쌓는다, 방파제를 쌓는다 하며 네놈이 온갖 애를 다 썼지만 결국 우리 좋은 일만 하는 셈이다. 너는 결국 바다의 신 포세이돈을 위해 성대한 잔치를 마련하고 있을 뿐인 것을! 너희는 어차피 죽을 수밖에 없다. 자연의 위대한 힘은 우리와 결탁하고 있으니 결국 파멸을 면치 못하리라.'

그때 파우스트가 메피스토펠레스를 불렀다.

"감독관!"

메피스토펠레스가 대답하며 앞으로 나서자 파우스트가 말했다.

"무슨 수를 써서라도 일꾼들을 계속 모아들여라. 엄하게 다스리면서 한편으로는 흥을 돋아주도록 해라. 돈을 주어 격려하고 강제로라도 끌고 와라. 수로가 계획대로 확장되는지 날마다 보고하라."

그러자 메피스토펠레스가 고개를 돌리고 중얼거렸다.

"수로 좋아하네, 무덤을 파고 있으면서……."

파우스트가 계속 말했다.

"저길 보아라. 늪지가 산자락까지 이어지면서 그동안 애써 일구어놓은 것들을 망치고 있다. 그 썩은 물을 빼내는 게 마지막 남은 최대의 일이다. 비록 안전하지는 않더라도 자유롭게 일할 수 있는 삶의 터전을 수백만 사람들에게 주고 싶다. 들판이 푸르고 비옥하게 되면 사람들과 가축들이 이곳으로 몰려와 정착하게 되리라. 이곳에서 안락함을 느끼고 부지런히 일을 하게 되리라. 저기 바다에서는 세찬 물결이 제방을 때리며 날뛰더라도, 여기 육지에서는 낙원 같은 삶이 펼쳐지리라. 파도가 거세게 밀려와 이 낙원을 삼키려 하면 모두 힘을 합해 벌어진 틈을 메우리라. 그렇다. 나는 이 뜻을 이루기 위해 내 온 힘을 다하리라. 인간의 지혜가 내릴 수 있는 최후의 결론은 바로 이것이다.

'날마다 자유와 삶을 쟁취하려고 노력하는 자만이 그것을 누릴 자격이 있다!'

내가 마련한 바로 이곳에서, 어린아이, 젊은이, 늙은이 할 것

없이 모두 위험에 둘러싸인 채 알찬 삶을 누리리라! 나는 사람들이 그렇게 모여 사는 것을 바라보며 자유로운 땅에서 자유로운 사람들과 더불어 지내고 싶다. 그렇게 되면 나는 소리 높여 외치게 되리라.

순간이여, 멈추어라. 정말 아름답구나!

이 지상에서 보낸 내 삶의 흔적이 영원히 사라지지 않을 것이다. 나는 드높은 행복을 미리 맛보며 지금 최고의 순간을 즐긴다."

말을 마친 파우스트가 그 자리에서 쓰러졌다. 그 모습을 보고 메피스토펠레스가 말했다.

"어떤 쾌감이나 행복에도 만족하지 못하더니! 천변만화하는 형상들만 쫓아다니더니! 결국 가련하게도 최후의 허망한 순간을 붙잡아 두려 했단 말인가! 내게 그렇게 억세게 반항하더니 결국 시간 앞에 무릎을 꿇고서 백발 휘날리며 여기 쓰러져 있구나! 자, 시계는 멈추고 시곗바늘이 떨어져 나갔다. 드디어 해치웠다."

사탄들과 천사들의 싸움

파우스트를 매장하는 곳에 그의 시신이 길게 눕혀져 있었다. 그 입에서 망령들이 튀어나와 노래했다.

"누가 삽과 가래로 이렇게 형편없는 집을 지었느냐?"

"삼베를 걸친 우울한 손님, 네게는 이것도 과분하다."

"누가 이렇게 형편없이 방을 꾸몄느냐? 식탁과 의자는 어디 있느냐?"

"이것도 잠시 빌린 것, 빚쟁이들이 득실거린다."

메피스토펠레스의 눈에는 그 망령들의 모습이 보였다. 그가 말했다.

"몸뚱이는 나자빠져 있는데 영혼은 빠져나가려 하는군. 네 영혼은 내 몫이야. 피로 쓴 증서를 얼른 보여주어야지. 조심하지 않으면 뺏길 수도 있어. 요즘은 사탄에게서 영혼을 가로채가는 수단이 어디 한두 가지라야지. 옛날식으로 막는 건 더는 안 통한단 말이야. 그렇다고 신식으로 하면 도무지 서툴러서 제대로 돌아가지도 않고. 전에는 뭐든지 혼자 해치웠는데 이제는 조수를 써야 할 판이라니까. 예전에는 숨이 꼴까닥 넘어가는 동시에 영혼이 빠져 나갔지. 옆에서 지켜보다 덥석! 발톱으로 움켜쥐면 그만이었는데 이제는 영혼도 그 컴컴한 곳에서 미적거린단 말이야. 여간 힘든 일이 아니야. 그러니 조수들 힘을 빌려야지. 자, 사탄들아 모여라."

메피스토펠레스는 사탄들을 불러 모았다.

"자, 어서 나오너라! 번듯한 뿔 달린 신사, 구부러진 뿔을 한 신사, 예부터 강직하게 맡은 바 일을 충실히 해온 모든 사탄아, 지옥 아가리를 어서어서 가져오너라."

그러자 소름 끼치는 지옥 아가리가 입을 쩍 벌렸다.

"송곳니가 쩍 벌어지고 목구멍에서 불길이 노도처럼 치솟는 구나! 연기가 뭉실뭉실 피어오르고 영원히 이글거리는 불바다 가 그 뒤로 보이는구나. 저주받은 자들이 살길을 찾아 헤엄쳐 나오려 하지만 불기둥이 이빨을 갈자 겁에 질려 다시 뜨거운 불길을 향해 돌아서누나. 좁디좁은 곳에 어찌 저리 무서운 것 들이 많이 숨어 있었을까! 너희는 죄인들을 혼내주는 아주 훌 륭한 일을 열심히 하고 있구나! 인간들은 너희를 거짓이고 속 임수고 꿈이라고 말하고 있지. 어리석은 인간들! 나 사탄이 이 렇게 멀쩡히 존재하는 것처럼 저 지옥도 이렇게 멀쩡히 존재하 는데!"

메피스토펠레스는 반듯한 뿔 달린 뚱보 사탄들에게 명령했다.

"자, 불타는 뺨을 가진 배불뚝이 악당들아! 지옥의 유황불을 처먹어서 뜨겁게 번질거리는구나. 정신 똑바로 차려라. 영혼이란 것은 배꼽 속에 진을 친다고도 하니 아래쪽을 잘 살펴보아라."

이번에는 구부러진 뿔 달린 말라깽이 사탄들에게 명령했다.

"이 잘난 척 거들먹거리는 껑다리 놈들아, 쉬지 말고 허공을 샅샅이 훑어라! 양팔을 쭉 뻗치고, 날개를 퍼덕이며 도망치는 것을 붙잡아라. 영혼, 그것은 지금까지 지내던 곳이 불편해서 틀림없이 위로 빠져나오려 할 것이다."

메피스토펠레스가 열심히 사탄들에게 명령을 내리고 있는데 갑자기 오른쪽 위에서 빛이 비치더니 천사들의 노랫소리가 들려왔다.

하늘의 심부름꾼,
천상의 무리야,
천천히 날개를 움직여 뒤를 따르라.
죄인들을 용서하고
티끌로 돌아간 이들을 살려내라.
두둥실 떠돌며
천지 만물에
은혜로운 자취를

남겨라!

그 모습을 보고 메피스토펠레스가 말했다.

"이 무슨 불쾌한 소리란 말이냐! 이 무슨 흉악하게 꿍얼거리는 소리란 말이냐! 반갑지 않은 불빛이 위에서 내려오는구나. 사내인지 계집인지 모를 것들이 설쳐대니, 경건한 척하는 놈들 입맛에 딱 맞겠구나. 저 멍청한 것들이 위선의 탈을 쓰고 가까이 오고 있구나! 저 탈을 쓰고 우리 몫을 얼마나 많이 빼앗아 갔는가! 가면을 뒤집어쓴 사탄들 같으니라고! 치사하게 우리의 무기를 쓰다니! 자, 나의 사탄들아. 이번에 패배하면 영원히 씻을 수 없는 치욕이 될 것이다. 무덤 가까이 가서 언저리를 단단히 지켜라."

그러자 천사들이 신성한 사랑의 꽃이며 천국의 빛인 장미꽃을 뿌리며 노래했다.

눈부시게 빛나며
향기를 내뿜는 장미꽃들아!
하늘하늘 나부끼며
은밀하게 생기를 불어넣는 꽃들아,

가지를 날개 삼아
어서, 어서 날아가라.
봉오리를 활짝 열고
어서, 어서 피어나라.

　장미꽃들이 하늘에서 하늘하늘 내려오자 사탄들이 일제히
몸을 웅크렸다. 사탄들은 메피스토펠레스의 성화에 입으로 불
을 내뿜었지만 불길을 받은 장미꽃들이 밝은 불꽃이 되어 사탄
들에게 달려들었다. 다시 천사들의 합창 소리가 울려 퍼졌다.

축복의 꽃이여,
기쁨의 불꽃이여,
마음껏 널리 사랑을 퍼뜨려라,
기쁨을 안겨주어라.
진실한 말들
맑은 창공에 울려 퍼지고
영원한 무리 위에서
어디서나 빛이 비치네.
　장미꽃 불꽃을 맞은 사탄들은 머리를 거꾸로 처박는 둥, 곧

두박질해서 데굴데굴 지옥으로 굴러떨어지는 둥, 가관이었다. 메피스토펠레스가 아무리 호통을 쳐도 소용이 없었다. 메피스토펠레스만이 당당히 그 자리에 서서 두둥실 떠다니는 장미꽃들을 두 손으로 마구 쳐냈다.

"도깨비불아, 썩 꺼져라! 네 아무리 밝게 빛난다 해도 손으로 움켜쥐면 물컹물컹한 반죽 덩어리밖에 더 되느냐! 왜 그리 나풀거리느냐? 썩 물러가라! 이런, 유황과 역청 같은 것이 내 목에 찰싹 들러붙는구나."

다시 천사들의 합창 소리가 들려왔다.

　　너희의 것이 아니면
　　몸을 피하라.
　　사랑은 너희의 마음에 거슬리는 것,
　　너희는 받아들일 수 없다.
　　오직 사랑만이
　　사랑하는 자들을 인도할 수 있다.

메피스토펠레스는 머리와 심장이 불타는 것 같았다. 그에게는 장미꽃 불길이 지옥의 불길보다 훨씬 더 매섭게 느껴졌다. 그런데 그는 이상하게도 천사들에게 마음이 끌리는 것을 느꼈다.

"도대체 내가 왜 이러는 거지? 저들하고 나는 불구대천의 원수가 아닌가! 저것들을 보기만 해도 적개심이 부글부글 끓었는데 웬 이상한 기운이 내 몸에 배어드는 것일까? 밉기만 하던 저 악동들이 왜 갑자기 귀엽게 여겨지는 거지? 오, 귀여운 것들아, 말해다오. 너희도 루시퍼의 후예들이냐? 귀여운 너희에게 입을 맞추고 싶구나. 우리가 이미 수도 없이 만난 듯, 정말 자연스럽고 마음이 편하구나. 오, 이리 가까이 와라. 오, 나를 한 번 바라봐다오."

메피스토펠레스가 정신이 팔린 사이, 천사들이 파우스트의 영혼을 둘러싸고 노래했다.

거룩한 사랑의 불꽃이여!
이 불길에 휘감기는 자는
선한 사람들과 더불어 축복받았다고 느끼게 되리라.
모두 한 마음 되어
어서 일어나 찬미하라!
대기가 맑게 정화되었으니
그대 영혼이여, 이제 숨을 쉬어라.

천사들은 파우스트의 불멸의 영혼을 하늘로 데려갔다.

홀로 남은 메피스토펠레스가 주위를 두리번거리며 탄식했다.
"이게 어떻게 된 거야? 모두 어디로 갔지? 풋내기들이 나를
홀려서 내 먹잇감을 훔쳐 도망가다니! 내 유일한 보물을 가로
채 가다니! 내가 담보로 잡아 두었던 고매한 영혼을 교활하게
빼돌리다니! 아, 누구에게 하소연한단 말인가? 누가 내 기득권
을 돌려줄 수 있단 말인가? 나잇값도 못하고 속아 넘어가다니!
자업자득이로군. 꼴좋다. 창피하게 이런 실수를 저지르다니 수
치스럽구나! 천하의 사탄이 천박한 욕망에, 어리석은 욕정에
휘말리다니! 산전수전 다 겪은 내가 이런 유치하고 어리석은
일에 걸려들었으니 내 어찌 후회하지 않을 수 있으리!"

파우스트의 영혼, 천상으로 올라가 구원받다

황량한 깊은 숲 속, 거룩한 은자들이 여기저기 바위들 사이
에 자리 잡고 있었다. 주변에 성스러운 기운이 감돌았고 은자
들은 무아지경에 빠져 있었다. 은자들은 깨달음을 갈망하며 기
도하고 있었다. 천사들은 파우스트의 불멸의 영혼을 그곳까지
데려온 후, '영생을 얻은 소년들의 영혼들'과 함께 더 높은 곳을

향해 올라가며 노래했다.

영혼 세계의 귀한 분이
악으로부터 구원받았다.
언제나 노력하며 애쓰는 자는
우리가 구원할 수 있네.
그가 천상의 사랑 받았으니,
복된 무리가
진심으로 환영하리.

천사 무리 중 젊은 천사들이 입을 모아 노래했다.

사랑의 힘으로 거룩하게 참회한 여인들이여,
그대들 손에서 얻은 장미꽃들이
우리의 승리를 도와주었다.
이 보배로운 영혼을 빼앗아와
우리의 고귀한 일을 완수할 수 있게 해주었다.
우리가 장미꽃을 뿌리니 악한 자들이 물러났고
장미꽃으로 때리자 사탄들이 도망쳤다.

제5막

197

그 악령들이

그들에게 익숙한 지옥의 형벌 대신

사랑의 고통을 느꼈다.

사탄의 늙은 우두머리조차

매서운 고통에 시달렸다.

환호하라! 우리는 승리했으니!

그러자 이번에는 원숙한 천사들이 화답했다.

지상의 찌꺼기를 나르는 일은

우리만의 힘으로는 할 수 없는 일.

제아무리 불에 타지 않는다 하더라도

순수하게 정결하지는 않으리.

육체와 강렬하게 결합하여 있던 영혼을

그 어떤 천사도 완전하게 갈라놓을 수 없으리.

오직 영원한 사랑만이 그것들을 떼어놓을 수 있으리.

젊은 천사들은 오직 악마와의 싸움에서 승리한 것을 기쁘게
노래하고 있었으나, 더 성숙한 천사들은 파우스트의 영혼이 완

전히 정화되지 않았음을 노래하고 있었다. 이번에는 그들과 함께한, '영생을 얻은 소년들의 영혼들'이 노래했다.

새로 태어나기 위해 번데기 상태가 된 이분을
우리 기쁘게 맞아들여요.
그러면 우리도
천사가 될 증표를 손에 넣은 셈이니까요.
이분을 에워싸고 있는 껍질을 벗겨내요.
아, 벌써 거룩한 생명을 얻어
아름답고 위대하네요.

그때 제일 높은 바위 틈 암자에 앉아 있던, 마리아를 숭배하는 박사가 노래했다.

유혹에 넘어가기 쉬운 자들이
당신께 찾아오는 것을 금하지 않습니다.

그들은 본래 약한 자들,
저 홀로 구원받기 어렵습니다.

제5막

관능의 사슬을 저 홀로 끊을 수 있는 자,

세상 그 어디 있겠습니까?

매끄럽고 가파른 바닥에서

어찌 발이 미끄러지지 않겠습니까?

눈짓과 인사말,

아부하는 숨결에 현혹되지 않을 자

그 어디 있겠습니까?

그의 노래가 끝나자 영광의 성모마리아가 두둥실 다가왔다.
성모마리아가 모습을 보이자 참회하는 여인들이 합창했다.

당신은 저 높은 곳,

영원의 나라를 향해 두둥실 떠오르십니다.

그 무엇에도 비할 수 없는 분이시여,

자비에 넘치는 분이시여,

우리의 간청을 들어주십시오!

그러자 죄 많은 여인, 사마리아 여인, 이집트의 마리아가 함께 성모마리아 앞에 무릎을 꿇고 갈구했다.

죄 많은 여인들을
물리치지 않으시고,
참회의 공덕을
영원히 드높이시는 분이시여,
오직 한 번 자신을 잊었을 뿐
제 몸의 잘못을 알지 못했던
이 착한 영혼에게
그에 합당한 용서를 베풀어주십시오.

그들이 간청을 마치자 참회하는 여인 중 한 명이 성모마리아에게 매달렸다. 한때 그레트헨이라 불렸던 여인의 영혼이었다.

"오, 비할 데 없는 분. 광명에 넘치는 분. 저의 행복을 자비롭게 굽어봐주십시오! 옛날에 사모하던 그분, 바로 그분이 이제 혼미에서 벗어나 이곳으로 왔습니다."

그러자 영생을 얻은 소년들이 원을 그리며 노래했다.

이분의 팔다리는 벌써 우리보다 튼튼해졌어요.
성심껏 돌봄을 받은 것에 대해

듬뿍 보상을 할 거랍니다.

우리가 더 일찍 지상의 삶을 떠나왔지만

이분이 우리보다 배운 게 많으니

우리에게도 가르침을 주실 거예요.

그러자 한때 그레트헨이라 불렸던 여인이 다시 성모마리아께 말했다.

"성모마리아여, 새로 오신 이분은 고매한 영혼들에 둘러싸여 자신을 거의 의식하지 못하고 있습니다. 새로운 삶도 깨닫지 못하고 있습니다. 그러나 그는 벌써 성스러운 무리를 닮아가고 있습니다. 보세요, 벌써 온갖 지상에서의 인연을, 그 낡은 껍질을 벗어던지고 있습니다. 저 향기로운 옷에서 이미 새로운 청춘의 힘이 나타나고 있습니다. 성모마리아여! 저분을 가르치도록 제게 허락해주십시오. 새로운 빛에 아직도 눈부신가 봐요."

그러자 영광의 성모마리아가 입을 열었다.

"자, 이리 오너라! 드높은 곳을 향해 오르라. 네가 누구인지 알게 되면 그도 너를 뒤 따라오리라."

그러자 마리아를 숭배하는 박사가 땅에 넙죽 엎드려 기도했다.

모든 회개하는 연약한 자들아,

구원하시는 분의 눈초리를 우러러보아라.

감사하는 마음으로

거룩하신 신의 섭리를 따라서

스스로를 변모시켜라.

오, 마리아여!

모든 착한 이들이

당신을 받들어 모실 것입니다.

동정녀시고, 어머니시며, 여왕이신

여신이시여, 자비를 베풀어주십시오!

그러자 하늘 높이 신비로운 합창 소리가 울려 퍼졌다.

모든 덧없는 것은

한낱 비유일 뿐,

우리가 만질 수 없는 것

여기서는 실현되고,

우리가 말할 수 없는 것

여기서는 이루어지네.

영원히 여성적인 것

그것이 우리를 이끌어 올리네.

『파우스트』를 찾아서

이야기꾼은 대개 욕심쟁이다. 어차피 한 번뿐인 우리의 삶을 다른 식으로 한 번 더 살아보고 싶어 하는 사람들이기 때문이다.

인간은 어차피 딱 한 차례 살고 죽게 되어 있다. 절대로 되돌리지 못한다. 정말로 아까운 인간의 삶이다. 그냥 흘려보내기 아까운 정말 소중한 시간들로 이루어진 것, 그게 바로 인간의 삶이다. 그런데 어떻게 사는 게 제대로 사는 건지 정답이 없다. 정답을 모르는 채, 온갖 후회와 고민, 고통 속에 방황하는 것이 또한 인간의 삶이다. 그렇게 "어어" 하다가 그냥 휙 지나가 버리는 게 인간의 삶이기도 하다.

이야기꾼들은 그걸 못내 아쉬워한다. 그래서 자기들이 꾸며 낸 세계 속에서 또 다른 세상을 한 번 더 살고 싶어 한다. 한 번

뿐인 인생을 다시 살고 싶어 한다. 그러니 욕심쟁이가 아니고 무엇이겠는가? 괴테는 그런 욕심쟁이 중에서도 최고의 욕심쟁이다. 그도 『파우스트』를 쓰면서 또 다른 삶을 살아보겠다는 욕심을 냈다. 그런데 그 또 다른 삶이 어마어마하다. 한 개인의 삶이 아니라 인류 전체의 삶을 다시 살아보려 하다니! 괴테는 『파우스트』라는 이야기 속에 인류의 모든 삶을 다 담고자 했다. 괴테라는 개인이 인류 전체의 삶을 살고 싶어 했다. 천하에 그런 욕심쟁이가 없다.

12,111행의 운문으로 이루어진 대서사시 『파우스트』는 괴테가 60년 가까운 세월에 걸쳐 완성한 대작이다. 그는 젊어서부터 『파우스트』를 구상하고 집필에 착수했다. 그가 25세 되던 1774년에 쓰기 시작해서 이듬해 초고를 집필했고 1790년에 제1부 『단편 파우스트』를 간행한다. 그리고 1798년 실러의 권유로 다시 집필을 시작, 1808년 제1부를 완성하여 발표한다. 그후 20년 가까이 집필이 중단되었다가 죽기 1년 전인 1831년 7월, 제2부를 완성한다. 비록 중간 중간 끊기긴 했지만 괴테의 필생의 역작이 아닐 수 없다. 그는 그 필생의 역작 속에 인간이 한 세상을 살아가면서 겪게 되는 정신의 드라마를 모두 담고자

했다.

하지만 인류 전체의 삶이라는 말에 겁먹을 필요 없다. 그 속에 엄연히 '나'도 포함되어 있으니까. 사실 파우스트라는 인물, 그렇게 복잡하고 특이한 인물이 아니다. 메피스토펠레스의 말대로 그는 '하늘을 보며 제일 아름다운 별을 탐내고, 땅에서는 최고의 쾌락을 모조리 맛보겠다고 덤벼들고 있는' 인간이다. 파우스트 스스로도 그 욕심을 드러낸다.

"내 가슴 속에는, 아, 두 개의 영혼이 살면서 서로 멀어지고 싶어 한다네. 하나는 감각적 충동이지. 현세에 매달려 방탕한 사랑의 기쁨에 취해 있으려 하지. 다른 하나는 이 티끌 같은 세상에서 벗어나 숭고한 선인들의 세계로 나아가려는 영혼."

그건 사람이라면 누구나 갖고 있는 욕심 아닌가? 이왕 세상에 태어났으니 가능한 한 이 세상이 내게 허용한 것을 모두 이루고 즐겁게 살고 싶은 욕심은 누구나 다 가지고 있다. 사람들은 그 욕심을 채우기 위해 열심히 노력하며 산다.

그런데 사람에게는 그 욕심만 있는 게 아니다. 한편에 다른 욕심도 있다. 아무리 온갖 쾌락을 누리며 살더라도 죽으면 그만 아닌가? 도대체 죽은 다음에 나는 어떻게 될 것인가? 죽은 다음에 나는 어디로 갈 것인가? 기왕이면 여기보다 더 나은 세상에서 살아야 할 것 아닌가? 그런 궁금증에 종교도 생기고 구원받고 싶은 욕심도 생긴다. 파우스트는 누구나 갖고 있는 그 욕심을 유별나게 드러낸 인물일 뿐이다.

그렇지만 파우스트에게는 보통 사람과 다른 면이 있다. 웬만큼 욕심이 충족되어도 그칠 줄 모른다는 것이다. 괴테가 『파우스트』를 쓰면서 보여준 어마어마한 욕심이 그대로 주인공 파우스트에게 옮겨간 셈이다. 그런데 바로 그 욕심이 파우스트를 구원해준다.

가만히 생각해보자. 이 세상에서의 향락을 끝까지 누리려는 욕심과 영혼의 구원을 갈망하는 정신은 보통 함께 하기 어렵다. 영혼이 구원받아 하늘나라로 가기 위해서는 현세적 욕망을 억제하고 버려야 한다. 이게 상식이다. 그런데 파우스트는 정반대 길을 걷는다. 상식적으로 말한다면 타락의 길을 가는 셈이다. 스스로 구원으로부터 멀어지기로 한 셈이다.

그는 메피스토펠레스와 계약을 맺기 전에 이렇게 말한다.

"나는 저세상 따위는 관심이 없어. 이 지상에서만 내 기쁨이 용솟음치고 이곳의 태양이 내 고뇌를 비추지. 내가 이것들과 작별한 후에 무슨 일이 일어나든 대수겠는가? 내세에도 사랑이 있고 증오가 있는지, 저세상에도 위가 있고 아래가 있는지 내 알 바 아니네."

자신 속에 있는 두 개의 영혼 중에 단호하게 한쪽을 택한 것이다. 그리고 그 누구도 누려보지 못한 것을 누리게 해주겠다는 사탄 메피스토펠레스와 계약을 맺는다. 조건은 딱 하나다. 만일 파우스트가 "순간이여, 멈추어라! 정말 아름답구나!"라고 말하는 그 순간, 내기에서 진 것으로 하겠다는 것, 그날로 자신이 메피스토펠레스의 종이 되겠다는 것이다. 메피스토펠레스의 종이 된다는 것은 죽음을 받아들이고 기꺼이 지옥으로 떨어지겠다는 뜻이다. 살아 있는 한 절대로 "순간이여, 멈추어라! 정말 아름답구나!"라는 말을 안 하겠다는 뜻이다.

파우스트의 그 말에는 중요한 의미가 들어있다. 이 세상 그 어떤 쾌락도, 그 어떤 행복도 결코 파우스트 자신을 완전히 만족시키지 못할 것이라는 뜻이다. 이 세상 그 어떤 달콤한 쾌락이나 행복도 그를 붙잡지 못할 것이라는 뜻이다. 파우스트의 욕심은 온갖 쾌락과 행복을 잡는 데 있지 않다. 그것을 즐기는 데 있지 않다. 그의 욕심은 이 세상 쾌락과 행복의 끝까지 가보는 데 있다. 그가 "내게 그런 날은 절대로 오지 않아. 내가 속 편하게 누워서 빈둥거린다면 그걸로 내 인생은 끝장이야"라고 말하는 것은 그 때문이다.

파우스트의 그 욕심은 불가능한 욕심이다. 생각해보라. 인간이 순간적 욕망의 포로에서 벗어나는 일이 가능할까? 더욱이 그 누구도 맛보지 못한 최고의 쾌락과 행복을 맛보고 있으면서, 거기 빠지지 않는 일이 가능할까? 내 단언하지만 절대로 불가능하다. 파우스트는 그 불가능한 한계에 도전하겠다고 나선 것이다. 그가 사탄 메피스토펠레스와 계약을 맺은 것은, 현세에서의 향락을 위해 영혼을 판 것이 아니다. 제아무리 달콤한 것을 갖다주더라도 절대로 메피스토펠레스의 농간에 넘어가지 않으리라는 자신감의 표현이다. 인간적 욕망의 끝까지 가봄으로써 역설적이게 인간의 한계를 극복하는 것, 그리하여 구원을 받는 것!

인간은 불완전하다. 완전한 인간은 없다. 그러면서도 완전함을 꿈꾸는 것이 인간이다. 그렇기에 인간은 종교적 동물이다. 파우스트는 "어디에도 결코 머물지 말라!"라고 스스로 다짐하고 자신했던 인물이다. 그 욕심은 인간적일까? 아니다. 이미 종교적이다. 만족을 모르니 종교적이다. 목표가 끝도 없으니 종교적이다. 불가능한 것을 꿈꾸니 이미 종교적이다.

파우스트는 결국 구원을 받는다. 구원을 받기 위해 천상을 향해 열심히 기도했기에 구원을 받은 것이 아니다. 더없이 순결한 마음을 가지고 산 덕분에 구원을 받은 것이 아니다. '매일 자유와 삶을 쟁취하려고 노력하는 자만이 그것을 누릴 자격이 있도다!'라는 사실을 명백히 깨달은 순간 그는 "순간이여 멈추어라, 정말 아름답구나!"라는 말을 입 밖에 내게 된다. 그에게 구원으로 가는 길을 열어준 것은 쉬지 않고 자유와 삶을 쟁취하려고 노력하는 것, 바로 그것이다.

물론 그 길은 유일한 구원의 길이 아니다. 그 길은 파우스트가 걸은 구원의 길이다. 그 길은 여러 가능한 구원의 길들 중 하나다. 더욱이 『파우스트』를 그렇게 단순화시켜서 읽을 필요도 없다.

여러분은 『파우스트』를 악마에게 영혼을 판 지식인의 이야기로 읽어도 무방하다. 기독교적 구원을 노래한 대서사시로 읽어도 무방하다. 혹은 그리스 정신, 독일 신비주의, 기독교 정신을 통합한 대서사시로 읽어도 무방하다.

그뿐인가? 오늘날 우리들에게 익숙한 판타지 소설로 읽어도 무방하다. 『파우스트』에는 시간 이동, 공간 이동이 다 나오고, 현실 세계와 환상 세계가 하나의 스크린에 펼쳐지기도 한다. 젊어지는 약도 나온다. 어디 그뿐인가. 호문쿨루스라는 사이보

그도 나오고 약속어음도 나온다. 오늘날의 첨단 과학기술과 금융 자본주의가 300년 전에 나온 셈이니 입이 떡 벌어질 수밖에 없다. 그것들만으로도 『파우스트』는 아주 재미있는 읽을거리를 우리에게 제공한다. 그러니 지레 겁먹은 채 너무 경건한 마음으로 『파우스트』를 펼칠 필요 없다. 여기저기서 사탄 메피스토펠레스가 때로는 익살로, 때로는 툴툴거리는 불평으로, 때로는 심술궂은 장난으로 우리를 즐겁게 하니, 그것을 즐겨도 된다.

그런 가운데, 우리 삶이 그렇게 단순하지 않다는 것, 인간은 단순한 존재가 아니라는 것을 느끼면 된다. 아무리 하잘 것 없어 보이는 우리의 삶일지라도 우리의 삶은 더 없이 숭고할 수도 있다는 것을 느끼면 된다. 그리고 우리의 삶을 숭고하게 만드는 가능성은 모두 우리 안에 있다는 것을 느끼면 된다. 우리의 삶은 우리가 한 번 돌아보는 것만으로도 이미 또 다른 삶이 될 수 있는 법이니, 괴테의 『파우스트』는 그런 마술의 세계로 우리를 초대하는 셈이다.

괴테는 1749년 8월, 황실 고문관인 아버지와 프랑크푸르트 시장의 딸인 어머니 사이에서 태어났다. 그는 대학에서 법학을 전공했으며 변호사가 되어 23세 되던 해 베츨라어의 고등법원에서 견습 생활을 한다. 『젊은 베르테르의 슬픔』의 무대가 된 곳이 바로 그곳이다.

괴테는 1775년 카를 아우구스트의 초청으로 바이마르를 방문하고 그곳에 정착하기로 결심했다. 이때부터 괴테는 행정가로 활동하면서 지리학, 식물학, 광물학 등 자연에 대한 연구에 몰두했다. 어떤 면으로는 예술로부터 멀어졌던 시기다. 1786년, 37세 되던 해 그는 이탈리아 여행길에 오른다. 그리고 다시 예술의 세계로 돌아간다.

1788년에 바이마르에 돌아온 괴테는 가난한 집안의 딸 크리스티아네 불피우스를 만나 동거하면서(정식 결혼은 1806년), 비로소 가정적인 행복을 누리게 되었다. 이 무렵에 그는 시인과 궁정인의 갈등을 그린 희곡 『타소(Torquato Tasso)』와, 관능의 기쁨을 노래한 『로마 애가(哀歌)』를 발표하였다. 과학 논문 「식물변태론(植物變態論)」도 이 시기의 산물이다. 1791년에는 궁정 극장의 감독이 되었으며, 그때부터 고전주의 연극 활동도 시작한다.

하지만 그런 가운데 괴테가 손에서 놓지 않은 작품이 있었으니 바로 『파우스트』다. 그가 파우스트를 구상한 것은 『젊은 베르테르의 슬픔』을 발표하기 한 해 전부터라고 한다. 한동안 손에서 놓기는 했지만 그의 생애는 『파우스트』의 구상과 완성으로 이루어졌다고 보아도 된다. 고전주의 연극 활동을 시작하면서 그는 『파우스트』의 재집필에 들어갔으며 『빌헬름 마이스터의 수업 시대』를 발표한다. 『파우스트』는 그가 죽기 한 해 전인 1831년에야 완성된 일생의 대작이며 1821년 2부 격인 『빌헬름 마이스터의 편력 시대』가 나와서 완성을 본 『빌헬름 마이스터의 수업 시대』도 그의 필생의 대작에 속한다. 그뿐이 아니다. 그는 왕성한 시 작업에도 몰두하여 수백 편의 시를 발표한다. 또한 그는 광학에도 조예가 깊어 1810년 『색채론』을 발표하기도 한다. 노년이 되어서도 왕성하게 작품 활동과 연애를 했던 괴테는 1832년 83세를 일기로 행복하게 눈을 감는다. 그의 유해는 바이마르 대공가(大公家)의 묘지에 대공 및 실러와 나란히 안치되어 있다.

단테, 셰익스피어와 함께 세계 3대 시성으로 불리는 괴테! 그의 작품들을 읽지 않고 삶과 문학에 대해 말할 수는 없을 것이다.

파우스트

생각하는 힘: 진형준 교수의 세계문학컬렉션 19

| 펴낸날 | 초판 1쇄 2017년 9월 1일 |
| | 초판 3쇄 2023년 8월 30일 |

지은이	요한 볼프강 폰 괴테
옮긴이	진형준
펴낸이	심만수
펴낸곳	(주)살림출판사
출판등록	1989년 11월 1일 제9-210호

주소	경기도 파주시 광인사길 30
전화	031-955-1350 팩스 031-624-1356
홈페이지	http://www.sallimbooks.com
이메일	book@sallimbooks.com

| ISBN | 978-89-522-3775-0 04800 |
| | 978-89-522-3984-6 04800 (세트) |